www.mayabooks.co.kr

www.mayabooks.co.kr

갓 오브 블랙필드

갓
오브
블랙필드 ❽

지은이 | MJ STORY 무장
펴낸이 | 권순남
펴낸곳 | (주)마야 · 마루출판사
등록 | 2008. 1. 7(제310-2008-00001호)

초판 2쇄 인쇄 | 2020. 11. 24
초판 2쇄 발행 | 2020. 11. 27

주소 | 서울특별시 노원구 동일로237가길 17, 신영산업 BD 602호
대표전화 | 02-2091-0291
팩스 | 02-2091-0290
이메일 | marubooks@mayabooks.co.kr

ISBN | 978-89-280-3314-0(세트) / 978-89-280-5589-0
정가 | 8,000원

잘못된 책은 교환하여 드립니다.
저자와 협의하여 인지를 붙이지 않습니다.

「이 도서의 국립중앙도서관 출판시도서목록(CIP)은 서지정보유통지원시스템 홈페이지(http://seoji.nl.go.kr)와 국가자료공동목록시스템(http://www.nl.go.kr/kolisnet)에서 이용하실 수 있습니다.」
(CIP제어번호:CIP2015001631)

갓 오브 블랙필드 8

MAYA&MARU MODERN FANTASY STORY
MJ STORY 무장 현대 판타지 장편소설

GOD OF BLACKFIELD

마야&마루

* 목 차 *

제1장. 어찌해야 하나? …007
제2장. 절대 안 했을 짓 …043
제3장. 하고 싶은 일? …079
제4장. 불곰의 방문 …113
제5장. 왜 그래? …145
제6장. 감춰진 것들 …181
제7장. 가야지 …215
제8장. 여기서 뭐하세요? …257
제9장. 차원이 다르다 …291

갓 오브 블랙필드

제1장

어찌해야 하나?

하고 싶은 말을 끝마친 황기현은 잊고 있었던 것처럼 요원에게 지시해 강찬과 석강호의 전화기를 건네게 했다.

분명 대화를 방해받고 싶지 않아서 그랬으련만, 의뭉스럽게 갑자기 생각난 척하는 모습이 무척 자연스러웠다.

강찬은 한국에도 구렁이가 있었구나 싶었다.

"강찬 씨, 우선 쉬면서 천천히 생각합시다."

"예, 원장님."

말을 마친 황기현이 강찬을 다독이고는 병실을 나섰다.

"거, 편안해 보이는데도 묘하게 분위기가 있소."

"그렇지? 아차!"

강찬은 아직 집에 처박혀 있을 스미든에게 얼른 전화를

걸었다.

[여보세요? 대장!]

"어! 그쪽은 어떠냐?"

[경호 인력이 깔리면서 요원처럼 보이던 놈들은 없어졌어요.]

"아마 당분간은 괜찮을 것 같다. 조심해서 움직이고, 절대로 외곽으로 혼자 나가지 마."

[그래요.]

스미든의 어색한 답을 들은 강찬은 그동안 걸려 왔던 전화번호를 확인했다.

강대경이 세 번, 미쉘, 그리고 오광택의 전화가 있었다.

강찬은 우선 오광택에게 전화를 걸었다.

[강찬, 후련하게 복수했다.]

벨이 울리자마자 오광택의 통쾌한 음성이 들렸다.

[개새끼들, 별 무기를 다 가지고 있던데? 권총도 5자루 챙겨 놨다. 어떻게 할까?]

"뒤처리는?"

[우리 식으로 깨끗하게 처리했다. 전부 합쳐야 스물도 안 되더라.]

무서운 새끼.

어쨌든 권총을 가지고 있는 건 문제가 될 소지가 많다.

"나중에 말 나오면 귀찮으니까 권총 반납하고 어디에 처리했는지 미리 알려 줘. 그래야 발견돼도 일을 바로 덮지."

[발견 안 돼. 뭐가 남아야 발견되지.]

"뭔 소리야?"

[내가 가진 공장이 하나 있거든. 거기 쇳물에 던져 버렸어. 나중에 틀에 부을 때 찌꺼기가 남긴 하는데, 철문 만드는 게 주종이라 그 정도 불순물은 문제도 안 된다.]

끔찍한 이야기를 하도 시원시원하게 해서 기가 막힐 지경이었다.

'이 새끼가 가진 회사 이름을 알아 둬야겠는데?'

어쨌든 이렇게 일단락되는 느낌이었다.

"알았다. 하여간 사람 보낼 테니까 권총은 표시 안 나게 넘겨줘. 그래야 널 지킨다."

[그래. 어디냐? 저녁에 술 한잔하자.]

"병원이니까 퇴원하면 만나."

[어디? 방지병원이냐?]

"야! 여자 올 거야. 그러니까 분위기 깨지 말고 퇴원하면 봐."

[알았다, 알았어. 꼭 연락해라. 그리고.]

오광택이 잠시 멈칫했다. 고맙다는 말을 하려는 게 분명했다.

"시끄러. 끊어."

강찬은 전화를 끊은 다음 석강호에게 통화 내용을 알려

주었다.

"깡패는 깡패인 건가? 어째 평범하게 살기는 다 틀렸나 보우."

"그러게. 일이 갈수록 커진다."

황기현이 주고 간 커피를 마시는 동안 석강호가 담배를 꺼내 건네주었다.

"대장, 아까 싸울 때 보니까 지쳐 보입디다. 악에 받친 거 같기도 하고."

석강호가 말과 함께 입과 코로 연기를 뿜어냈다.

"몸이 바뀌고 나서 계속 이런 싸움을 했던 거요. 우리 좀 쉽시다. 아프리카에서도 이런 전투 끝나면 휴가도 가고 했잖소. 퇴원하면 최소한 반달이라도 좀 쉽시다. 바닷가도 좋고, 외국도 좋고. 하다 안 되면 제주도라도 다녀오게요."

강찬은 신음처럼 숨을 내쉬며 고개를 끄덕였다.

아닌 게 아니라 싸우려고 다시 태어난 게 아닐까 싶을 정도로 칼과 총을 손에서 놓지 못했다.

"국회의장이란 새끼가 우릴 가만두겠냐?"

"에이! 그 새끼는 당분간 눈치 보느라고 아무것도 못할 거요. 그러니까 일단 마음이라도 그렇게 먹고 있읍시다."

"그래, 알았다."

석강호의 말이 틀리지 않은 거다.

강찬은 고개를 끄덕여 준 다음에 전화를 걸었다.

[차니! 괜찮아? 괜찮은 거야?]
"응. 괜히 걱정시켜서 미안하다. 내가 좀 예민해졌나 봐."
[날 걱정해 준 건데, 뭘. 걱정돼서 전화했다가 방해될까 봐 기다리고 있었어. 고마워, 차니.]
목소리가 끈적거리는 듯해서 얼른 전화를 끊으려 할 때였다.
[지금 어디 있어?]
예상이 딱 맞아떨어졌다.
"다른 사람들하고 같이 있어. 왜?"
[오늘 우리 드라마 첫 방송이야. 8시 40분! 여기 다들 모여 있어. 차니도 있으면 좋았을 텐데.]
"알았다. 가능하면 나도 볼게."
[차니, 몸조심해. 당신 다치면 나, 은소연, 김미영, 이렇게 셋이 울어야 돼.]
"야!"
소리를 지르다 상처가 울려서 움찔했는데, 미쉘이 재미있다는 듯 웃는 소리가 들렸다.
[끊을게. 쥬뎀므, 차니.]
복잡한 전화가 끊겼다.
"디아이에서 제작하는 드라마가 오늘 방송이란다."
"몇 시요?"
"8시 30분이라는데?"

"저녁 먹고 같이 보면 되겠소. 그런데 왜 집에 전화 안 하쇼?"

강찬은 한숨을 푹 내쉬었다. 그리고 재단 사무실에서 있었던 일을 설명했다.

"푸흐흐, 대장이 또 이런 거에 약하셨구만. 다른 생각 말고 빨리 전화하쇼. 나중에 안아 주셨다면서요? 지금쯤 그런 표정 보이셨던 게 마음에 걸려서 저녁도 못 드시고 있을 거요. 나도 나가서 전화하고 올 테니 얼른 전화드리쇼."

석강호가 인상을 쓰면서도 재미있다는 표정을 잃지 않은 채로 병실을 나섰다.

저 새끼가 정말 이런 걸 잘 알까?

"후우."

강대경의 얼굴이 떠올랐다.

받아들이려 애쓰는 얼굴이었다. 아무렇지도 않은 척하기 위해 무던히 노력하던 모습.

그래. 나중에 어떤 소리를 들을지 몰라도 최소한 전화를 하는 것이 도리다.

강찬은 무거운 마음으로 통화 버튼을 눌렀다.

벨이 두 번 울린 직후였다.

[아들!]

기쁘고, 걱정되고, 안쓰럽고, 안타까운 심정이 '아들'이란 한마디 외침에 고스란히 담겨 있었다.

"어머니? 목소리가 왜 그래요?"

뜻밖에도 마음이 울컥했다.

[엄마가 미안해서 그래. 낮에 이상한 표정 보여서 아들 마음 아팠을까 봐. 어디야? 저녁은? 우리 아들 괜찮아? 다친 거 아니지?]

웃음이 나왔다.

분명 처음에는 짜증 났던 모습이었는데 지금은 행복하다는 생각이 들었다.

"저 아무렇지도 않아요. 저녁은요?"

[아직.]

"왜요? 얼른 저녁 드세요. 그리고 밤 8시 30분부터 디아이에서 제작하는 드라마 한대요. 그거 보시구요."

[그래. 그럴게. 오늘 들어와?]

"아뇨. 이쪽에 일이 있어서 며칠 걸릴 거 같아요. 어머니, 이번에 저 집에 가면 우리 며칠 놀러 가요."

전화기 건너편에서 '으아앙' 하는 울음이 터져 나왔다. '이 사람이 왜 그래?' 하는 강대경의 소리가 들린 다음이었다.

[여보세요? 찬이니?]

"예, 아버지. 어머니 왜 그러세요?"

[내가 궁금하다. 뭐라고 했기에 엄마가 저렇게 울어?]

"이번에 집에 가면 우리 며칠 놀러 가자구요."

[엄마가 울 만했구나. 너 마음 상했을까 봐 하루 종일 누

워 있었다.]

 찰싹 소리가 난 다음 강대경이 '아야!' 하는 소리가 들렸고, 이어서 웃는 소리가 들렸다.

 [괜찮은 거지?]

 "예, 아버지."

 [엄마 낮에 놀라서 그런 것도 다 이해하고?]

 "죄송해요."

 강대경의 나직한 숨소리가 들린 다음이었다. '전화 바꿔 줘, 여보.' 하는 소리가 들려왔다.

 [엄마가 바꿔 달란다.]

 훌쩍이는 소리가 먼저 들렸다.

 [아들, 고마워. 엄마가 아들 사랑해.]

 이런 엄마를 어떻게 미워할 수 있겠나.

 "엄마, 사랑해요."

 두 번째로 '으앙' 하는 울음이 터졌다.

 [사랑해, 사랑해. 아들.]

 강대경이 '누가 보면 멀리 외국에 사는 줄 알겠다. 그래서 프랑스는 어떻게 보낼래? 아야! 알았다. 알았어.' 하는 소리가 들려왔다.

 "어머니, 너무 걱정 말고 저녁 꼭 드세요. 알았죠? 집에 갔을 때 아픈 얼굴이면 저 정말 서운해할 거예요."

 강찬이 슬쩍 문을 보았다.

사랑한다는 말할 때는 몰랐는데, 석강호가 들을까 봐 신경이 쓰였다.

[알았어. 아빠 바꿔 드릴게.]

차분해진 유혜숙의 목소리를 듣자 무거운 짐이 없어진 것처럼 마음이 가벼워졌다.

[찬아, 아빠랑 엄마가 영원히 네 편인 건 알지?]

"그럼요."

[힘들면 언제고, 어떤 모습이어도 좋으니까 집으로 와. 말하기 싫으면 안 해도 된다. 아빠와 엄마는 네가 그렇게 해 주었으면 싶다.]

"그럴게요."

이런 부모를 만났다는 것에 진심으로 고맙고 감사했다.

[언제 오니?]

"며칠 걸릴지 몰라요."

[알았다. 하루에 한 번쯤은 엄마에게 전화해 줘.]

"예."

강대경과 통화가 끝난 직후에 '여보, 잠깐만.' 하는 유혜숙의 목소리가 들렸는데 전화는 그냥 끊어졌다. 아마 시간이 끌릴 것을 걱정한 강대경이 못 들은 척 종료 버튼을 누른 것 같았다.

날아갈 것처럼 마음이 개운해졌고, 이어서 시장기가 느껴졌다.

드르륵.

문이 열리고 유헌우가 간호사와 함께 들어왔다.

"좀 어때요?"

"별다른 건 모르겠는데요?"

낮에 붕대를 감아서 그런지 유헌우는 피가 배어 나왔는지 정도만 살피고 자세를 바로 세웠다.

"왼손은 정말 조심하는 게 좋아요. 자칫하면 쥐는 힘을 못 쓸 수도 있어요. 뼈가 잡아 줘서 길게 안 들어간 대신에 뼈가 갈려서 통증도 심할 거구요."

"예."

간호사가 링거 줄에 주사액을 놓는 동안 유헌우는 물끄러미 강찬을 보고 있었다.

탁자에 약을 놓아준 간호사가 먼저 방을 나섰다.

"국가정보원이라는 곳에서 다녀갔었습니다. 이후로 필요한 약품이 있으면 원하는 대로 청구하라고 하더군요. 조치해 놓을 테니까 걱정하지 말라는 말도 하고."

"잘되셨네요."

"부탁이 하나 있어요, 강찬 씨."

"뭔데요? 누구 미운 놈이 있으세요?"

유헌우가 설마 하는 얼굴로 웃은 다음 입을 열었다.

"관에서 지원 안 해 줘도 좋으니 깡패들을 치료하는 것만큼은 지금처럼 하고 싶습니다."

강찬이 알아듣지 못한 눈으로 바라보자 유헌우는 고개를 끄덕였다.

"혹시 다른 기관에서 조사를 나오거나 혹은 관심을 갖는 바람에 정말 치료해야 할 사람을 못할까 봐 노파심에 하는 말입니다."

"그런 거라면 저도 최선을 다해서 도울게요. 혹시 누군가 막으면 제게 바로 전화해 주세요."

"고맙습니다."

몇 마디를 더 나눈 후에 유헌우가 나갔다. 그리고 10분쯤 지난 뒤에 석강호가 통증을 견디기 위해 인상을 찌푸려 가며 병실에 들어섰다.

"전화했소?"

"응. 좋아하시더라."

"거 보쇼. 그게 부모 마음이란 거요."

이런 건 대꾸할 말이 없다.

"저녁에 고기 시켜 먹읍시다. 피도 많이 흘렸으니까 족발하고 쟁반국수 좋다! 어떻소?"

"그래라."

석강호가 주문을 하는 사이 강찬은 침대에 몸을 기댔다.

'나중에 생각하자.'

우선은 편하게 쉬기로 했다.

프랑스로 귀화? 유라시아 철도의 한국 담당?

어찌해야 하나? • 19

우선 족발 먹고 TV 드라마 본 다음에 천천히 생각해도 되는 일이었다.

⚜　　⚜　　⚜

  푸짐하게 먹었고, 둘이 늘어진 자세로 TV를 켰다.
  배부른 데다, 커피 한 잔 탔고, 담배가 옆에 있으니 더 바랄 것도 없었다.
  그런데 뉴스를 보자 편안한 마음이 싹 가셨다.
  일본 요원들의 시체가 주르륵 놓인 화면을 배경으로 양진우에 관한 보도가 40분 내내 이어졌다.
  양진우가 왜 그랬는가에서부터, 그렇다면 해저 터널은 왜 설치하려고 했는가? 이어서 죽은 요원들의 신원을 파악 중이라는 보도가 제법 설득력 있게 나왔다.
  대한민국 설립 이래 최악의 내란 사건이라 불렸고, 시민들의 인터뷰도 있었다.
  양진우의 사진과 악수하는 모습도 간간이 나왔는데, 분위기로 봐서는 완전히 역적을 꿈꾼 재벌로 판단하는 느낌이었다.
  끝 부분에 이번 양진우 사건을 해결한 것은 국가정보원의 이름 없는 요원들이라는 보도와 함께 '이 사건을 해결하는 과정에서 희생된 이름 없는 요원들의 명복을 빕니다.'라는 멘트도 나왔다.

담배를 안 피울 수 없는 뉴스였다.

"저 정도면 그럭저럭 넘어갈 거 같은데요?"

"그런 거 같지?"

내용과 다른 부분이 상당수 있지만 뭐 그렇다고 떠들 것도 아니다.

뉴스를 보며 잠시 이야기를 나누고 나자 바로 드라마가 시작되었다.

제목은 '진숙이는 예쁘다'였다.

염병, 제목하고는!

강찬은 미쉘의 안목을 살짝 의심하며 드라마를 보았다.

아는 얼굴이 나와 다른 사람인 척 연기하는 모습에 닭살이 돋는 것 같았는데 뜻밖에도 석강호는 연신 '이거 재밌소. 잘 만들었는데?'를 연발했다.

다른 건 모르겠고, 은소연의 모습이 예뻐 보이는 것만은 인정이다. 어려운 집안을 이끌어 나가려는 모습이 그렇게 보이게끔 한 느낌이었다.

드라마가 끝나자 석강호는 주둥이를 내밀고 고개를 끄덕였다.

"햐! 요거 뜨겠소."

"그러냐? 난 잘 모르겠다."

"내가 마누라랑 딸하고 드라마 보는 훈련을 받은 실력으로 말하는 건데, 이건 이대로만 나가면 분명 되는 거요."

잘된다는데 꼭 아니라고 할 건 없는 거다.

"나 여기서 잘 거요."

"왜?"

"굳이 따로 잘 거 뭐 있소? 그냥 이렇게 얘기나 나누다가 건너편 침대에서 자면 되는 거지."

"야! 너 코 곤다니까."

"어허! 우리 마누라는 그 소리 못 들으니까 잠이 안 온답디다. 그냥 며칠만 이해하쇼."

에이, 지겨운 새끼.

말을 한다고 들어먹을 것도 아니어서 강찬은 마음을 접었다.

"제라르 새끼는 다 나았으려나?"

"어깨 제대로 뚫렸어. 아무리 빨라도 3개월은 걸린다."

"그 새끼, 한국에 한 번 온다지 않았소?"

"오면 또 뭐할 거냐? 그냥 이렇게 사는 게 좋아. 그 새끼, 어디 작전 갔다가 죽거나 포로 됐다는 소리 들으면 너나 나나 가만있을 수 있겠냐? 길길이 날뛰고 뛰어가야 할 텐데, 아후! 생각만 해도 정신 사납다."

"푸흐흐, 새끼! 중닭 됐다고 폼 잡던 거 생각하니까 갑자기 웃음이 나오네."

석강호가 환자복 팔등으로 코를 닦았다. 웃다가 콧물이

나온 모양이었다.

"그건 그렇고. 대장, 유라시아 철도 담당하면 나도 학교 때려치울 거니까 내 자리도 하나 만들어 주쇼."

뭐라는 거야?

강찬이 힐끔 쳐다보는 앞에서 석강호는 혼자 주둥이를 내밀고 있었다.

"대장이 오고 나서 싸움이 그친 적이 없소. 거기에다 점점 커지기까지 하는 걸 보면 뭔가 있는 거요. 매번 이렇게 닥쳐서 싸움을 하느니 차라리 우리도 미리 준비합시다. 조직도 갖추고, 필요한 요원들도 뽑아 오고."

석강호는 아예 신이 나는 눈치다.

"사무실은 하나 꾸며 줄 거 아니오?"

"뭐하냐? 정신 차려."

"어차피 허씨 형제 놈들 때려잡아야 마음 편할 거 아뇨? 매번 손 벌리는 것도 그렇고, 이 기회에 아예 제대로 된 조직 하나 만들어서 우리가 먼저 때립시다."

강찬은 물끄러미 석강호를 보았다.

"대장, 나 진심이오."

실제로도 그렇게 보였다.

"양진우 상대하다가 알았소. 세상에 못된 새끼들이 정말 많습디다. 이왕 시작한 거, 아예 끝장 한번 봅시다."

강찬이 풀썩 웃음을 터트리자 석강호가 씨익 웃었다.

"다예."
"예."
강찬은 분명하게 짚고 싶은 것이 있었다.
"오늘 같은 싸움을 계속하고 싶냐?"
"피한다고 피해질 것 같지가 않아서 그렇소."
"가족들은? 오늘은 운이 좋았지만 언젠가는 사망 통지서를 받을 수도 있어."
"그거야……."
석강호가 답을 하다 말고 입을 꾹 다물었다.
"아프리카에선 외로운 다예루였지만 이곳에서 가장이잖냐? 남은 사람들은 생각 안 해?"
잠시 시선을 떨구었던 석강호가 강찬을 똑바로 보았다.
"대장하고 싸울 때 유일하게 살아 있는 것 같은 걸 어쩌겠소? 몽골에 갔을 때, 함께 칼을 들고 섰을 때, 죽어도 좋다는 생각이 드는 거요. 집에 가도 좋지요. 그런데 학교에 남아 있으면 사는 맛이 하나도 없수."
말을 마친 석강호가 숨을 커다랗게 내쉬었다.
"대장 나이만 됐으면 나 벌써 아프리카 갔을 거요. 차라리 옛날 기억이 하나도 나지 않는다면 이 생활에 젖어서 살겠지만, 한 번, 두 번, 대장하고 싸우고 난 뒤로는 계속 그런 긴장감 넘치는 삶이 그립소."
말을 마친 석강호가 고개를 뚝 떨어트렸다.

'하아! 쯧!'

저 새끼를 어찌해야 하나?

강찬은 심오한 표정으로 고개 숙인 석강호를 보았다.

⚜   ⚜   ⚜

거짓말처럼 5일을 놀고먹었고, 믿기지 않을 만큼 상처가 나았다. 물론 석강호는 아니다.

다만 구멍이 메워진 왼손만은 아직 함부로 움켜쥘 정도는 아니어서 두툼한 붕대를 감아 두었다.

하루에 한 번 유혜숙, 김형정과 통화했는데 전대극의 의식이 돌아왔다는 기쁜 소식도 있었다.

그럼에도 희생된 요원이 다섯이나 되었다.

특수팀의 사기 진작이 과연 5명의 귀한 목숨과 바꿀 만한 것이었을까?

뭐라고 단언하기 어려운 일이다.

전대극이 빠진 것도 아니고 선두에 서서 칼질을 했기에 비난할 마음도 없었다. 하지만 대원들의 목숨을 무엇보다 귀하게 여기던 강찬은 생각이 많을 수밖에 없었다.

토요일 오전이었다.

아침 식사 맛있게 하고 상념에 잠길 순간에 석강호의 '푸흐흐' 하는 웃음소리가 강찬의 생각을 잡아당겼다.

TV를 보면서 웃는 석강호의 모습이 동네 아저씨처럼 보였다.

물론 각진 얼굴에 날카로운 눈매, 단단한 체형이 한 성깔 하게 생겼다만 그런 게 강찬에게까지 먹히는 건 아니다.

웅웅웅. 웅웅웅. 웅웅웅.

석강호가 힐끔 돌아볼 때 강찬은 전화기를 들었다.

쎄실이었다.

"여보세요?"

[차니, 통화 괜찮아?]

이년이 왜 목소리를 깔고 이러지? 손실이 많이 났나?

"응. 얘기해."

[어제 매도 주문이 들어와서 보유 주식과 선물 매수 물량을 전부 매각했어. 화요일에 인출 가능한 금액이 주식과 선물 합쳐서 2천3백억 정도 돼.]

어후, 무서운 새끼들. 모르는 곳에서 이런 식으로 돈을 버는 놈들이 있었던 모양이다.

"그래?"

[차니, 아무렇지도 않아]

"실감이 안 나서 그래."

그러고 보니 차분한 게 아니라 아예 질린 목소리였다.

[혹시 돈이 필요하면 언제고 말해 주면 돼. 우리 증권사 열 손가락 안에 드는 VIP라 지점장이 직접 계좌를 관리해.

그리고.]

부탁할 게 있나?

[나, 이번에 수당 받은 게 3억이 넘어. 차니, 이거 정말 내가 다 가져도 되는 거야?]

"네 수당이라면서?"

[아니, 차니 성격은 아는데 통상 이럴 경우, 계좌 주인에게 40퍼센트 정도 돌려주거든. 대개는 차를 사 달라는 경우가 많아. 차니가 원하면 부모님 차를 한 대 사 드릴게.]

"왜 그러는 건데?"

[계좌를 옮기지 않게 하려고.]

강찬은 풀썩 웃다가 하마터면 코가 나올 뻔했다.

"주문한 사람과 의논해야 하는데 가능하면 계좌 옮기지 않도록 해 볼게. 인출하는 건 어쩔 수 없지만, 거래를 계속하는 동안 계좌는 그대로 둘 테니까 너무 신경 쓰지 마."

[차니, 그래 주면 나 승진해.]

"잘됐다."

[내가 저녁 살게. 고마워, 차니. 정말 고마워.]

슬슬 제정신이 돌아오는 목소리여서 강찬은 적당히 마무리하고 전화를 끊었다. 이년들은 흥분하면 소리를 지르고 다음으로 몸뚱이가 뜨거워지는 버릇이 있다.

2천3백억?

지랄들 한다.

어차피 라노크가 만든 돈이니까 그쪽과 의논할 생각이고 욕심도 없다. 통장에 들어 있는 20억도 기껏해야 택시비, 밥값, 커피 값, 그리고 옷 사는 데 들어가는 게 전부인 삶에 2천3백억?

돈가스를 몇 개나 살 수 있다는 거냐?

아프리카의 배고픈 아이들에게 돈가스를 배달할 방법은 없을까?

"무슨 전화요?"

"라노크가 돈 보내 준 걸 증권사에 넣으래서 넣었더니 이번에 주식과 선물인가 투자해서 2천3백억이 됐단다."

"돈이 많아지셨소."

"그러게. 그런데 그게 어디 내 거냐? 라노크에게 전화해서 보내 주려고."

"아! 짜증 나겠소."

석강호는 고개를 끄덕이며 TV로 고개를 가져갔다.

"푸흐흐."

"어? 그 웃음은 뭐요?"

"야! 너도 솔직히 그 돈이 얼마나 큰돈인지 모르겠지?"

석강호가 히죽 웃었다.

"난 지난번에 김태진 대표가 준 돈에서 6억이 통장에 그대로 있소. 그것도 부담스러운 판에 2천3백억? 아휴! 생각만 해도 정신 사납수."

강찬은 라노크에게 전화를 걸어 정리를 해야겠다고 마음먹었다.

생각날 때 얼른 전화하는 게 맞다.

전화번호를 찾아 통화 버튼을 눌렀다.

[강찬 씨.]

"대사님, 별일 없으시죠?"

[강찬 씨 때문에 일이 좀 있습니다.]

농담처럼 하는 말에 웃음까지 담겼다.

"증권사에서 전화가 왔던데요. 한국 돈으로 2천3백억 정도 된다고. 계좌 알려 주시면 제가 보내 드릴게요."

[강찬 씨! 그 돈은 강찬 씨의 몫입니다. 그걸 제가 받을 이유가 없습니다. 그것도 일주일가량 더 가지고 있었으면 최소 4천억은 될 걸 강찬 씨의 뜻대로 일찍 처분한 겁니다. 그러니 강찬 씨가 알아서 사용하세요.]

라노크가 여유로운 목소리로 강찬의 말을 받았다.

[앞으로 돈이 필요할 일이 생길 겁니다. 정보전은 무서운 이익을 가져다주기도 하지만, 엄청나게 많은 경비를 요구하기도 하지요. 유라시아 철도 발표회장에서 나와 내 친구들의 목숨을 구해 준 것에 대한 감사의 표시입니다. 부담 갖지 마시고 강찬 씨가 필요한 곳에 사용하세요.]

한숨이 푹 나오는 답이었다.

인상을 찌푸리자 석강호가 힐끔 보고는 커피를 타러 움

직였다.

[성의로 전한 선물을 고맙게 받는 모습도 필요합니다.]

대꾸할 말이 없었다.

[다음 주에 저녁이나 할까요?]

이제 건조한 라노크의 음성에 담긴 감정들을 조금씩 알 것 같았다. 지금의 제안은 무언가 할 말이 있다는 의미였다.

"알겠습니다. 퇴원하면 전화드릴게요."

[기다리고 있겠습니다.]

전화를 끊자 석강호가 커피를 건네주었다.

TV에서 덩치가 커다란 남자가 작은 남자 둘에게 당하는 모습이 나오면서 방청객들이 시끄럽게 웃는 소리가 들렸다.

띠루룩.

석강호가 TV를 끄고 담배를 들어 디밀었고, 둘이서 불을 붙였다.

"한 푼도 안 받겠단다. 지난번 행사장에서 목숨을 살려 준 것에 대한 성의라는데 영 지랄 같다."

"썩는 것도 아닌데 그냥 두면 되는 거 아니오?"

"그렇긴 하다. 너 돈 필요 없냐?"

"에이! 지금도 6억이나 있다니까요!"

석강호가 고개까지 저으며 거절한 다음이다.

"대장, 그걸로 우리 큰 건물 하나 삽시다."

이 새끼는 건물을 장난감을 사고 싶다는 투로 말한다.
"알았다. 천천히 생각해 보자."
"하기야 내가 몸이 나아야 움직일 수 있으니까 당장 급할 것도 없소."
"땅값이랑 건물 값이 몇 배로 뛰었다면서?"
"에이, 그래도 대장이 가진 것만큼 뛰겠소? 우리가 건물 사서 남기자는 것도 아니고, 가지고 있자는 거니까 충분할 거요. 여차하면 디아이랑 유비캅도 그리로 옮기라고 하지요."
"오!"
점점 영리해지는 석강호를 보는 기분이라니.
이 새끼랑 이야기를 나누고 있으면 이상하게 유쾌해진다.
강찬이 기분을 풀고 석강호와 떠들 때였다.
드르륵.
유헌우가 들어섰다.
아침에 회진을 돌았는데?
"강찬 씨."
"왜 그러세요?"
유헌우가 무거운 표정으로 석강호에게 아는 체를 하고는 강찬 앞으로 다가왔다.
미안하니까, 얼른 담배를 껐다.
"후, 정말 미안한데 수혈 한 번만 합시다."

"수혈이요?"

유헌우가 어렵게 고개를 끄덕였다.

"건물에서 투신한 환자인데 이제 겨우 고등학생입니다. 경과가 심각해서 포기할 수밖에 없는 상황이고, 강찬 씨에게는 너무 미안한 일입니다만, 안타까워서 그냥은 못 보겠습니다. 언짢게 생각하지 마시고……."

"가세요."

"예?"

"심각하다면서요? 얼른 가시자구요. 피만 뽑으면 되는 거죠?"

"강찬 씨!"

"가시자니까요!"

"알았습니다."

강찬이 일어서자 유헌우가 몸을 돌렸고, 석강호가 뒤를 따랐다.

병실을 나오자 국가정보원 요원들이 뒤를 받쳤다.

유헌우가 향한 곳은 2층 검사실이었다.

"혈액 검사는 안 해도 되나요?"

"강찬 씨는 O형이라 따로 검사가 필요 없습니다."

전에는 B형이었는데.

유헌우가 이끄는 대로 침대에 눕자 간호사가 바늘을 가져왔다.

따끔.

어떤 놈인데 또 뛰어내린 거지?

일단 살아라.

너는 네 정신을 온전히 가지고 일어나라.

비어 있던 비닐 팩에 피가 가득 찼다.

유헌우가 바늘을 뽑으려 했다.

"그거 가지고 되나요?"

"더는 무립니다."

"괜찮으니까 한 번 더 하죠. 그런다고 제가 죽거나 하지는 않을 거잖아요?"

"부상을 입은 지 얼마 안 돼서 쇼크가 올 수도 있어요."

말과는 달리 유헌우는 바늘을 뽑지 못하고 있었다.

"칼에 맞아 피를 쏟는 거나 이거나 다를 게 뭐 있어요? 얼른 한 번 더 하죠."

"고맙습니다, 강찬 씨."

요원이 나서려는 것을 석강호가 손짓으로 막았다.

피가 가득 담긴 비닐 팩을 간호사가 들고 나갔고, 잠시 후에 두 번째 비닐 팩에 피가 가득 찼다.

"원장님! 다른 이상은 없어요."

간호사가 달려와 전한 말에 유헌우가 '얼른 투여해.'라고 말을 하며 새로 뽑은 혈액을 건네주었다.

"조금만 더 누워 있읍시다."

팔뚝에 솜을 눌러 준 유헌우는 일어서려는 강찬을 말렸다. 유난 떠는 것처럼 느껴져서 풀썩 웃음이 나왔다.

3분쯤 지난 후에 강찬은 침대에서 일어섰다.

몇 번이나 고맙다는 말을 한 유헌우는 엘리베이터를 타고 바로 위로 올라갔다.

"회복이 빨라서 그런 거요?"

"응. 내가 특이체질이니까 혹시 피를 수혈하면 위급한 환자에게 도움이 될까 한다고 전에 말했었거든."

"어후, 그거 소문나면 위급한 환자 가족들이 다 몰려들 텐데 살아도 걱정이요."

생각지도 못했는데 듣고 나니 그럴 법도 했다.

"유 원장이 알아서 해 주겠지. 그건 그렇고, 어떤 놈이 또 튄 거지? 그 새끼도 우리처럼 이상한 몸뚱이에 태어나는 거 아닌지 모르겠다."

"푸흐흐."

문을 열고 들어와서 자리에 앉았는데 몸에 이상은 없었다.

"이래서 점심은 또 고기를 먹어 줘야 하는 거고."

"야! 좀 질린다."

"어허! 먹을 수 있을 때 잘 먹읍시다."

한참 성장하는 10대도 아닌 놈이 하루에 한 끼 이상을 꼭 고기를 처먹으려고 든다.

석강호는 메뉴판을 들여다보며 흥얼거렸다.

"나는 월요일에 퇴원할 거야."

"그럽시다. 그럼 나도 집에 가 있으면 되니까."

"너는 좀 더 있어야지?"

"그냥 하루에 한 번 붕대 갈고, 주사 맞는 게 전부요. 그 정도는 통원하겠수. 대장도 없는 병실에 혼자 처박혀 있는 것도 그렇고."

하기야 일주일을 꼬박 있는 꼴이라 지겹기도 할 거다. 거기에 석강호 말대로 집에서 가족과 함께 있는 게 낫지, 병실에 혼자 있어서 또 뭐할 거냐?

"요놈! 요게 좋겠다. 점심은 우리 갈비찜으루다가 푸짐하게 먹어 줍시다."

"밖에 요원들 것도 시켜 줘."

"경호 중에는 같은 음식을 먹는 게 아니라고 지난번에 시켜 준 보쌈두 못 먹던데요?"

"저 짓도 지랄이다."

"그러게 말이오."

둘이서 점심을 먹었고, 다시 늘어졌다.

일주일가량을 놀고먹었더니 살이 피둥피둥 찌는 느낌이었다.

오후 내내 TV를 보며 지냈다.

중간에 석강호가 코를 박박 골며 낮잠을 자는 동안, 간간이 보도 방송에서 전하는 뉴스를 본 것 외에는 주로 드라마를 찾아보았다.

솔직히 재미는 없었다.

그래도 디아이에서 노력하는 연기자들과 직원들을 생각해서 악착같이 보았는데, 그러다 보니 개중에 재미있는 것도 있었다. 물론, 시간을 내서 따로 보고 싶은 것은 없었지만 말이다.

"어구구!"

칼칼한 음성으로 기지개를 켠 석강호가 침대에서 일어나 링거대를 끌고 강찬의 곁에 앉았다.

"아홉! 자도 자도 졸리네."

"회복하려고 그러는 거겠지."

"그러게 말이오. 아! 인생은 고통의 연속이오. 배부르면 졸리고, 자고 일어나면 다시 배고프고. 이제 저녁은 뭘로 먹어 준다?"

기가 막힐 일이다.

실컷 처잔 놈이 일어나자마자 메뉴판을 들고 고민하는 모습이라니.

드르륵.

석강호가 사냥하듯 메뉴판을 노려볼 때 유헌우가 간호사와 함께 들어섰다.

"강찬 씨, 괜찮아요?"

"예."

강찬의 안색을 살핀 유헌우는 다행이란 표정으로 석강호를 보았다.

"석 선생님은 붕대 갑시다."

"지금이요?"

"강찬 씨와 달라서 지금 한창 살이 아무는 때라 붕대를 자주 갈아 줘야 합니다. 얼른 준비하세요."

20분쯤 걸려서 석강호의 치료가 끝났다.

인상을 보아하니 분명 붕대 가느라 힘들어서 저녁에는 고기를 처먹어야 한다고 우길 상이었다.

"학생은 어떻게 됐나요?"

"위험한 상태가 계속되고 있습니다. 그래도 지금껏 살아 있다는 것이 신기할 정도니까 혹시나 하는 마음으로 지켜보고 있습니다."

고무장갑을 벗어 낸 유헌우가 지친 듯 뒷목을 주무를 때였다.

"그런데 왜 원장님이 모든 환자를 다 보다시피 하십니까?"

석강호가 메뉴판에서 시선을 들며 질문을 던졌다.

"다 그런 건 아닙니다. 다만, 이 학생의 경우엔 우리 병원에 꽤 오래 다닌 경우라 더 안타깝게 생각했을 뿐입니다."

"건물에서 투신했다고 하지 않으셨어요?"

이번엔 강찬이 끼어들었다.

"하아! 환자 이야기는 원래 전하는 법이 아닌데 강찬 씨야 도움을 주었으니까 말씀드려도 되겠다 싶네요. 이 친구는 작년 초에 학교 폭력 문제로 심각한 외상과 스트레스를 받아 왔습니다. 그때 학교를 그만두었고, 지금껏 우리 병원에서 정신과 치료를 병행했는데 결국 이렇게 되었지요."

염병할 일진 새끼들!

강찬은 자연스럽게 눈에 독기가 올라왔다.

"강찬 씨가 처음 우리 병원에 왔을 때 왕따당하는 학생들을 챙겨야 해서 퇴원한다고 했었지요?"

당연히 기억하는 말이다.

강찬은 '예.' 하면서 고개를 끄덕였다.

"그때 제가 끝까지 말리지 못했던 이유 중에 하나도 지금 환자 때문이었습니다. 부모님 두 분 모두 참 좋은 분들인데, 후우, 참 안타깝습니다."

"응? 원장님. 혹시 지금 말씀 하신 학생이 혹시 여학생 아닙니까? 심, 심, 어! 심수진!"

유헌우의 놀란 표정이 곧 답이었다.

솔직히 강찬은 더 놀랐다.

저 새끼가 어떻게 작년 일을 기억하는 거지? 다시 태어난 건 분명 같을 텐데?

"이상한데요? 그때 부모님께서 대안 학교로 가신다고 하셨는데요?"

"그곳에서도 적응을 못했지요. 정신적 충격을 본인이 털어 내야 하는데 그걸 끝내 털어 내지 못했습니다."

"하아!"

의아해하는 강찬의 앞에서 석강호가 한숨을 푹 쉬었다.

쯧!

이래저래 혼란한 강찬은 덜컥 짜증이 올라왔다.

"누가 그렇게 괴롭혔냐? 어떤 새끼야? 작년이라는 거 보니까 아직 학교에 남아 있겠구만."

"그게……."

"누구냐구!"

"허은실이하고 이호준이요. 심수진이 2학년 때 걔들과 같은 반이었어요."

이런 엿 같은 일이!

강찬이 이를 악물었다.

"선생님이 그럼 수진이 학교 선생님이시라는 겁니까? 정말 선생님이셨습니까?"

유헌우가 고개를 디밀어 살피다가 석강호와 눈이 마주치자 얼른 자세를 고쳤다.

"원장님, 가해 학생들이 와서 진심으로 사과하면 도움이 좀 될까요?"

"글쎄요. 지금은 의식이 없는 상태라서 당장은 도움이 안 될 겁니다."

"하여간 깨어나면 말씀해 주세요. 아니다. 이럴 게 아니라 한번 올라가 보죠."

"강찬 씨가요?"

"전에 저도 떨어졌던 경험 있잖습니까? 의식은 까무룩한데 옆에서 뭐라고 떠드는 소리는 거의 다 들렸거든요. 이대로 죽는 건 좀 억울하잖아요. 속이라도 풀고 가면 더 좋을 것 같은데."

"속을 풀어 주는 게 정신의학상에서도 좋은 치료는 됩니다. 그런데 말을 듣는다고 해도 그 속을 어떻게 풀어 줍니까?"

강찬은 유헌우를 보며 피식 웃었다.

"제가 이호준하고 허은실을 죽기 직전까지 두들겼거든요. 그 얘기라도 듣고 마지막을 맞이하면 덜 억울하지 않을까요?"

유헌우는 기가 찬 얼굴이었다.

"그것들 요즘 반성하고 새사람이 되려고 버둥댑니다. 아마 와서 사과하라고 하면 진심으로 사과할 겁니다."

거기에 석강호가 거들자 유헌우는 고개까지 끄덕이며 고민하는 얼굴이었다.

"후우, 우선 부모님과 먼저 의논하겠습니다. 어쩌면 긍정적인 효과가 나올지도 모르겠는데 수진이 상태가 워낙 위급해서 어떨지 모르겠습니다."

유헌우의 말이 끝나자 셋이서 동시에 한숨을 쉬었다.

제2장

절대 안 했을 짓

유헌우가 나간 다음이었다.

둘이서 동시에 담배를 집어 들었다.

"야! 너 어떻게 작년에 학교 그만둔 애 이름을 다 기억하냐? 이호준이랑 허은실이 괴롭혔다는 것도 그렇고!"

"어?"

석강호가 화들짝 놀란 얼굴로 강찬을 보았다.

"생각 못했냐?"

"그러게 말이오. 그냥 내가 알던 일인 것처럼 떠오른 거요. 그때 느낌, 상황이 너무 자연스러워서 내가 올해 몸뚱이가 바뀌었다는 것도 잊어버렸었소."

"흠."

이건 또 강찬과 전혀 다르다.

서너 번 깊은 숨을 내쉬어 봤으나 생각이 떠오른다는 걸 뭐랄 것은 아니었다.

"워낙 심성이 여린 애란 기억이 있는데 결국 이렇게 됐구려. 후우!"

한숨과 함께 담배 연기를 뿜어낸 석강호가 텁텁한 표정으로 주둥이를 내밀었다. 면도기를 하나 구해 주든가 해야지, 당최 산적이 왕따 학생을 걱정하는 꼴이어서 공감이 가질 않았다.

"뭘 어떻게 했기에 그런 거야? 야! 그리고 애가 저 지경이 될 정도로 괴롭혔으면 이호준이하고 은실이 년, 학교에서 자르든가 해야지 왜 쟤만 저렇게 피를 보게 하지?"

"에이, 요즘 누가 표시 나게 때립니까? 차소연이나 문기진이 경우처럼 애들을 옥죄는 거요. 따 시키고, 돈도 바로 뺏는 게 아니라 빵 사 오라고 시키면서 100원 주고 그런 거요. 여자애들이 둘러싸서 가슴 사진 찍고. 증거를 잡기 어렵다니까요."

"에이!"

강찬이 커피 잔에 담배를 눌러 끄자 석강호가 인상을 찌푸리며 물을 벌컥벌컥 마셨다.

"그나마 대장이 와서 그런 애들 살려 준 거요. 지금은 서울에 왕따당해서 학교 다니기 곤란한 애들이 전학 오겠다는 문의가 몰려들 정도요."

말을 마친 석강호가 강찬의 눈치를 힐끔 살폈다.

"왜?"

"대장, 이호준이나 허은실도 피해자요."

뭐라는 거야?

강찬의 표정을 본 석강호가 얼른 뒷말을 이었다.

"그놈들이 잘했다는 게 아니라, 학교가 제대로 환경을 못 만들어 줘서 그렇게 됐다는 뜻이오. 지금은 걔들이 나서서 왕따나 빵 심부름 없애고 있어요. 허은실이가 여자애 셋 두들겨 팬 거 말고는 우리 학교 분위기 정말 좋아졌소. 진짜요."

이상하게 짜증과 화가 뒤엉켜 올라와서 강찬은 인상이 풀리지 않았다.

석강호가 냉큼 커피를 탔다.

"커피 한 잔 마시고 얼굴 좀 피쇼. 이런 건 하루 이틀에 고쳐지는 게 아닌 거요. 자! 내가 맛있는 커피를, 앗! 뜨거!"

커피 잔을 바닥에 놓쳤고, 급하게 움직이다가 상처가 울렸는지 석강호가 인상을 찌푸리며 가슴을 움켜쥐었다.

"괜찮냐? 저리 가 있어."

석강호를 자리에 앉게 한 강찬이 바닥을 대충 닦고 커피를 탔다.

"여기 있다."

강찬은 봉지 커피 2잔을 타서 하나를 석강호 앞에 놓아 주었다. 환자복에 커피 얼룩이 묻은 채로 석강호가 종이컵을 받아 들었다.

"차 마시고 얼른 저녁 먹읍시다. 사람이 배가 고프면 자꾸 짜증이 나는 법이요."

너무 처먹어도 짜증이 난다는 걸 이 새끼가 이해할 수 있을까?

"야! 너 검사 한번 받아 봐."

종이컵을 입에 문 석강호가 시선을 들었다.

"전부터 너 구충제 사 먹일까 싶었다. 아무래도 먹는 게 평범해 보이지 않거든. 병실에 이렇게 누워서 너처럼 먹기가 쉽지 않다."

"어허! 피를 많이 흘렸잖소!"

"너 집에서 자기 전에도 빵을 3개씩이나 먹는다면서?"

"그렇긴 하우."

"거 봐라. 구충제는 언제 먹었냐?"

"마누라가 챙겨 줘서 다시 태어나고 한 번 먹었소."

석강호가 고개를 갸웃한 다음, 바로 메뉴판을 노려보았다.

일단 먹겠다는 걸 말릴 수는 없는 거다.

"대장, 매콤한 낙지볶음 시켜서 밥 비벼 먹읍시다."

"그래! 고기보다 낫다."

"푸흐흐, 시뻘건 양념에다가!"

신이 나서 전화기를 드는 석강호를 보며 강찬은 풀썩 웃고 말았다.

저 새끼 없었으면 참 빡빡한 삶이었을 거다.

강찬은 내심 건물을 하나 사서 석강호와 지내야겠다는 생각을 했다. 단순히 둘이 있는 게 좋아서 그런다기보다는 석강호가 정말 재미있어할 만한 일들을 만들어 주고 싶었다. 유비캅에 부탁해서 빡빡한 경호 업무를 부탁해도 되고, 김형정과 함께 작전을 뛰게 해도 좋고.

강찬은?

아직 결정을 내리지 못했다.

솔직히 석강호처럼 평범한 삶이 지겨울 수 있다. 안다.

하지만 작전에서 대원을 잃는 아픔을 더는 겪고 싶지 않았다. 이번만 해도 넷이나 죽었다. 거기에 석강호나 김형정, 혹은 김태진이 포함되어 있었다면?

강찬은 내심 고개를 저었다.

이럴 땐 강대경과 유혜숙이 보고 싶어진다.

지금쯤 회사에 새로 뽑은 직원이 요원들이라는 건 눈치챘을 거다. 하기야 얼굴을 제대로 얻어맞고도 악착스럽게 달려드는 여직원을 보고 '쟤가 그저 강단이 있는 거구나.' 할 사람이 몇이나 되겠나.

지금 뭐하고 있을까?

원래대로라면 오늘 저녁에 TV에서 하는 영화 보면서 닭을 먹고 있어야 하는 건데.

거짓말처럼 일진 새끼들 때문에 뒤틀렸던 감정이 차분하게 가라앉았다.

⚜   ⚜   ⚜

정장 차림의 강대경과 유혜숙은 긴장을 떨쳐 내지 못한 얼굴로 앉아 있었다.

둥그런 탁자에 새하얀 테이블보를 씌웠다.

강대경과 유혜숙의 앞으로 대통령 문재현, 국무총리 고건우, 그리고 국가정보원 원장 황기현이 앉아 있었다.

아직 식사는 나오지 않았다.

"이렇게 세 사람이 나라를 책임져야 하는데 능력이 부족해서 아드님께 매달렸고, 그 바람에 두 분께 마음고생을 시켜 드렸습니다."

"네에."

유혜숙의 대답에 강대경이 슬쩍 눈치를 살폈고, 그 순간 남은 세 사람이 동시에 미소를 지었다.

"사실 유라시아 철도에서 우리나라는 아예 배제되어 있었습니다."

문재현의 눈짓에 황기현이 입을 열었다. 그러고는 브리핑을 하는 것처럼 라노크를 통해 유라시아 철도를 끌어왔고, 마침내 혼자 힘으로 한국에서 발표를 할 수 있게 만들었다는 내용을 전했다.

"대통령으로 강찬 학생에게 무한한 고마움을 느낍니다. 그런데 막상 포상을 하려고 하니까 세상의 시선이 조심스러웠습니다. 그래서 오늘 두 분을 모시고 고마움을 표시하는 것입니다."

강찬의 영웅담이 있어서인지 유혜숙의 얼굴이 한결 풀어졌다.

"다음 주에 서울대학교 특례 입학 자격증이 학교에 도착할 것입니다. 프랑스에서 우리 강찬 학생을 어떡해서든 데려가려고 애쓰는 모양인데 우리가 잘 지켜 내겠습니다. 어머님께서도 강찬 학생과 같은 인재를 외국에 뺏기지 않도록 도와주십시오."

강대경이 유혜숙의 떨리는 손을 살포시 잡아 준 다음이었다.

"필요하거나 불편하신 일이 있으면 식사 후에 전해 드리는 번호로 전화만 하시면 됩니다. 24시간 직원이 대기할 것이고, 어떤 일이든 여기 국가정보원 원장과 국무총리인 제가 책임지고 해결할 것이며, 그 이상의 결정이 필요한 부분이 있다면 대통령 각하께서 직접 도움을 주실 것입니다."

고건우가 나직하게 두 사람에게 말을 건넸다.

"두 분께서 정말 훌륭한 아드님을 키워 내셨습니다. 대한민국의 대통령으로 두 분께 진심으로 감사드립니다."

말을 마친 문재현이 고개를 기울여 유혜숙을 들여다보았다.

"강찬 씨와 다르게 어머님은 눈물이 좀 있으신가요?"

유혜숙을 제외한 네 남자가 동시에 웃음을 터트렸다.

고건우의 눈짓에 음식이 나왔다.

프랑스식의 만찬인 듯, 애피타이저가 먼저 나왔다.

"원래 저는 한식을 좋아합니다. 드세요. 드시면서 이야기 나누면 됩니다."

문재현이 털털하게 포크를 들어 음식을 콱 집었다. 유혜숙을 편안하게 하려고 과장되게 포크를 움직인 것이 분명했다.

"그런데 굴비나 갈비찜은 아무래도 두 손으로 잡고 뜯어 먹어야 해서 곤란하더군요. 덕분에 총리님께 구박도 많이 받았습니다. 그런 면에서 아프리카에서 오셨던 분들은 참 편안합니다. 그날은 둘이서 정말 실컷 먹었었습니다."

유혜숙이 조금은 긴장이 풀린 얼굴로 문재현을 볼 때였다.

"그날 갈비를 아마 6인분쯤 먹었나? 둘이서만요. 아! 그때 총리님도 계셨었지요?"

"각하, 두 분이 드신 갈비가 8인분이었습니다."

강대경이 푹 하고 터진 웃음을 가리느라 얼른 냅킨을 들었다.

흐느낌처럼 웃음이 터져 나왔다.

"여기 갈비찜이 정말 맛있거든요."

유혜숙이 조심스럽게 시선을 들었다.

"두 분께서 혹시 체면을 차리느라 못 드실까 봐 양식으로 했습니다. 거기에 혹시 집에 가서서 대통령이 게걸스럽게 손과 얼굴에 다 묻히고 먹는다고 흉보시면 강찬 학생이 저를 어떻게 생각하겠습니까?"

문재현이 편안하게 대해 주려고 애쓰는 모습에 분위기가 확연하게 달라져 있었다.

"다음 달에 시간을 한 번 주시면 제가 그때는 정말 맛있는 갈비를 대접하겠습니다."

"감사합니다."

강대경의 대답 후에, 본격적으로 식사가 시작되었는데 화제는 주로 자식들이 속을 썩인다는 내용이었다. 심지어 황기현은 망할 아들놈 때문에 부인이 속을 하도 썩여서 특전사에 뽑히도록 힘을 써 달라고 문재현에게 부탁까지 했다.

"권력을 남용하는 건 절대 안 됩니다."

"각하! 나라를 위한 일입니다. 특전사에 좀 넣어 주시면 됩니다."

문재현은 그래도 딱 잡아뗐다.

아무렴 국가정보원장이 그 일 하나 처리 못할까?

유치한 수법이긴 한데 강대경과 유혜숙은 그 덕분에 긴장이 많이 풀렸고, 메인 요리가 나왔을 때쯤엔 유혜숙도 간간이 대화에 끼어들고 있었다.

"강찬 학생을 보고 난 다음에 아들놈이 얼마나 밉던지. 한 1년쯤 강찬 학생에게 맡아 달라고 부탁해 볼까 했습니다."

"큰일 날 말씀을!"

문재현이 화들짝 놀랐고,

"안 되면 강찬 학생 부모님께 하숙이라도."

황기현의 바람이 이어지자 5명이 다 같이 웃었다.

⚜   ⚜   ⚜

저녁을 배부르게 먹고 침대에 기대앉아 있을 때였다.

문이 열리고 유헌우가 들어왔다.

"어디 특별하게 아픈 곳은 없지요?"

석강호를 살핀 유헌우의 표정이 조심스러웠다.

"저, 강찬 씨, 수진 학생 부모님께서 괜찮다면 강찬 씨가 말했던 대로 해 주길 바란답니다. 조금이나마 한을 풀고 갈 수 있다면 오히려 부탁드리고 싶다고."

"지금 상태가 어떤가요?"

"아무래도 오늘 밤을 넘기기 어려울 것 같습니다."

강찬은 나직하게 한숨을 내쉬었다.

"지금 가도 되나요?"

"강찬 씨만 괜찮다면 시간은 상관없습니다. 대신 담배 냄새 때문에 환자복 갈아입어야 하고, 중환자실이라 소독을 거쳐야 합니다."

"그러죠."

"나도 갑시다."

석강호가 벌떡 일어서다가 인상을 찌푸렸다.

"넌 여기 있어. 부모가 봐도 설명하기가 그렇잖아. 우선 내가 다녀오고 상황 봐서 다음에 너도 가자."

석강호가 유헌우를 보았으나 도움을 얻지는 못했다.

"알았소."

불만스럽게 주둥이를 뒤튼다고 해서 같이 갈 것도 아니어서 강찬은 유헌우와 함께 병실을 나섰다.

간호사실에서 옷을 갈아입었고, 세수를 한 다음, 소독제를 온몸에 뿌렸다.

"수혈은 피가 급하게 모자란 상황이라 강찬 씨까지 나서서 도와준 것이라고 했습니다. 혹시 결과가 좋아져서 소문이라도 나면 서로 많이 곤란할 테니까요."

"아예 말씀하지 마시죠."

"도움을 주었다는 것을 감추고 싶지는 않더군요."

엘리베이터를 타고 9층으로 올라가자 입구부터가 일반

병실과는 확연하게 달랐다.

 왼편으로 대기실이란 패찰이 붙은 공간에 보호자들이 가득 있었는데, 유헌우는 두 사람에게 눈짓을 해서 맞은편에 있는 사무실로 들어갔다.

"말씀드렸던 강찬 학생입니다."

"안녕하세요?"

 강찬이 인사를 하는 순간에 심수진의 모친이 입을 가리며 곧바로 눈물을 쏟아 냈다.

"우리 딸을 위해 수혈까지 해 줬단 말은 들었어요. 고맙습니다."

 초췌한 표정의 부친이 나직하게 숨을 내쉬며 강찬에게 말을 건넸다.

"말씀 편하게 하세요. 고작 수혈 조금 한 것뿐인데요."

 아직 앉지도 못했다.

"학생이 우리 수진이 한을 풀어 준다고… 미안하고 염치없지만 부탁해요."

 모친이 울음을 섞인 말을 겨우 이었다.

"소독을 하고 올라온 길이라 먼저 환자를 보고 나중에 말씀하시지요."

 유헌우의 말에 두 사람이 한쪽으로 물러났다.

 모친은 애절한 눈빛이었다.

 누구는 이런 부모를 놔두고 자살을 선택하는데 가해자는

반성했다며 새 삶을 꿈꾼다.

염병할!

도대체 어디서 뭐가 잘못된 걸까?

인터폰을 통해 중환자실의 자동문을 열고 들어가자 또 다른 문이 있었다.

"강찬 씨, 이쪽으로."

유헌우가 강찬에게 우측 공간을 가리켰고, 그곳에서 초록색 옷을 꺼내 주었다. 한지로 만든 것처럼 얇고 가벼웠다.

"머리에는 이걸 쓰시고."

유헌우 역시 같은 복장을 했다.

버튼을 누르자 위에서 소독약이 떨어졌고, 그다음에야 안쪽 자동문을 열었다.

좌우로 커다란 침대, 그리고 침대마다 엄청나게 많은 기계와 장치들이 연결되어 있었다.

삐삐거리는 소리를 배경으로 의사와 간호사들이 분주하게 오가는 모습이 마치 전투 현장 같았다.

유헌우는 안쪽 왼편에 있는 침대에 강찬을 데려갔다.

붕대로 온몸을 감아 놓다시피 해서 보이는 거라곤 눈, 코, 그리고 손과 발뿐이었다.

삐이. 삐이. 삐이. 삐이.

TV에서 보았던 기계가 위아래로 선을 그으며 심수진이 살아 있다는 것을 알려 주고 있었다.

유헌우의 눈짓을 받은 강찬은 심수진의 얼굴 쪽을 향해 걸어갔다.

뭐라고 해야 하는 거지?

막상 마주하고 있으니 입이 열리지 않았다.

목숨을 끊고 싶을 만큼 고통스러웠던 여자아이에게 뭐라고 해야 악착같이 살고 싶다는 생각이 들까?

강찬은 붕대에 틈으로 빼꼼히 드러난 심수진의 눈을 보았다. 두꺼운 관이 목 아래를 뚫고 박혀 있어서 코도 드러났다.

"심수진."

강찬은 심수진의 손에 조심스럽게 손을 얹었다. 냉장고에 담겼던 것처럼 차가웠다.

"듣고 있을 거라고 믿어. 나도 여름방학 전에 옥상에서 뛰어내렸었거든. 더럽게 아프더라만 누가 떠드는 소리가 어렴풋이 들리더라구."

유헌우가 침대 발치에서 떨어져 지켜보았고, 뒤로 수술복 차림의 의사와 간호사가 서 있었다.

"내 피를 네 몸에 넣었어. 내가 살아난 기운을 전해 줄까 해서. 그리고 한 가지 더 말할 게 있는데 나도 왕따당해서 옥상에서 뛰었던 거야. 그런데 거짓말처럼 살아나고 나서 깡이 생겼다. 그 뒤에 미친놈처럼 싸웠고, 거기에 이호준하고 허은실도 포함되어 있어."

뭐하는 짓인가 싶었지만, 멈출 수는 없었다.

"나 신묵고등학교 3학년 강찬이야. 3학년 초까지 지겹게 돈 갖다 바치고, 빵 셔틀 했다니까 혹시 너도 알지 모르겠다. 그래, 그런 내가 이렇게 살아 있는 거다."

죽어 가는 애한테 석강호나 함 직한 말을 지껄이고 있었다.

"억울하지? 정말 절박한데 도움 못 받아서 분하고 억울했던 거지? 내 피를 받아서 넌 못 죽어. 그러니까 얼른 털고 일어나. 일어나서 나랑 학교에 가자. 내가 너 속이 완전히 풀릴 때까지 걸리는 놈들 다 두들겨 패 줄 테니까."

강찬은 말없이 손을 다독여 주었다.

"기운 내, 인마. 심덕 일진 놈들에 그 위에 있다는 이상한 대학교 놈들, 또 그놈들을 조종했다는 주차장파 박기범이까지 내가 다 두들겨서 없애 버렸어. 석강호 선생이라고 체육 선생도 아래층에서 기다리니까 확인시켜 달라면 그렇게 해 줄게."

강찬은 이어서 밖에서 만난 부모에 대한 이야기와 강대경, 유혜숙의 몰랐던 모습에 대해 주저리주저리 떠들었다.

안 하던 짓이다.

전이라면 절대 안 했을 짓이다.

그런데 강대경과 유혜숙의 사랑을 느꼈고, 차소연과 문기진 같은 아이들을 보고 난 지금은 어떻게 해서라도 심수

절대 안 했을 짓 • 59

진을 돕고 싶었다.

이왕 시작한 이야기라 강찬은 차소연과 문기진의 이야기, 학교 식당에서 있었던 일, 심지어 허은실과 이호준이 트론 스퀘어에서 죽도록 맞고 있었다는 이야기까지 전부 해 버렸다.

대략 한 시간에서 조금 모자란 시간이었는데 그동안 유헌우와 의사, 그리고 간호사가 계속 옆에서 지켜보고 있었다. 강찬을 지킨다기보다는 언제 심수진의 숨이 멎을지 몰라 대기하는 느낌이었다.

"간다. 내 이름 기억해. 병원에서 연락해 줄 테니까 네가 깨어났다고 하면 바로 달려올게. 내 피가 들어갔으니까 해 볼 만할 거야. 버텨. 버텨서 살아나. 뒤는 내가 다 알아서 해 줄게. 알았지?"

삐. 삐. 삐. 삐. 삐.

강찬이 말을 마치는 순간에 기계음이 달라졌다.

와락.

유헌우와 의사, 그리고 간호사가 급하게 심수진에게 달려들었다. 못 알아들을 지시를 내리자 의사와 간호사가 빠르게 움직였다.

주사액이 급하게 링거에 들어갔고, 잠시 후에, 다급한 얼굴로 심수진의 부모가 달려왔다.

유헌우가 강찬을 보고 짧게 고개를 저었다.

빌어먹을!

화가 났지만, 지금은 부모에게 비켜 줘야 할 때다.

비처럼 눈물을 쏟아 내는 모친이 강찬의 맞은편에서 심수진을 향해 손을 뻗었다. 얼굴을 싸맨 붕대가 맨살이라도 되는 것처럼 모친이 조심스럽게 쓰다듬었다.

부친이 다가오고 있어서 강찬이 자리에서 일어났다.

머리카락이 희끗희끗한 중년 남자의 울음이 정말 아파 보였다.

그때였다.

꿈틀.

강찬은 퍼뜩 고개를 들어 유헌우를 보았다.

삐이. 삐이. 삐이. 삐이.

유헌우가 놀란 눈으로 기계와 강찬을 번갈아 보는 순간이었다.

꿈틀!

심수진의 손이 분명하게 움직였다. 그리고.

"어… 마."

"수진아! 수진아!"

"엄… 마."

"수진아! 수진아아!"

모친이 실성한 사람처럼 심수진을 불렀다.

강찬은 심수진의 부친에게 자리를 비켜 주었다.

갈라지고 힘겨운 목소리였지만 붕대 사이에서 분명 모친을 부르는 소리가 들렸고, 이후로 중환자실은 전쟁터를 방불케 했다.

"뒤로 가세요!"

유헌우의 단호한 외침에 두 사람이 강찬의 곁에서 숨 막히는 얼굴로 심수진을 보았다.

10분이 훌쩍 지났다.

"후우!"

유헌우가 한숨을 푹 내쉬며 침대에서 물러났다. 그리고 고개를 절레절레 저으며 다가왔는데 의미를 알기는 어려웠다.

"선생님!"

"일단 맥박과 호흡은 안정을 찾았습니다. 오늘 밤을 지켜봐야 합니다."

"저를 불렀어요! 들으셨잖아요!"

"여보!"

부친이 어깨를 잡아 주었는데 두 사람 모두 기력이 다한 모습이었다.

"우선 사무실로 가시죠."

차마 발걸음이 떨어지지 않는 듯, 두 사람은 마지막까지 침대에서 시선을 떼지 못한 채로 유헌우를 따랐다.

"앉으시죠."

소파에 두 사람이 앉았고, 맞은편에 강찬이 자리했다.

드르륵.

유헌우는 바퀴 달린 의자를 중간에 가져다 놓았다.

지쳐 보이는 모습이 충분히 이해가 갔다.

"부모님께는 어려운 말씀이지만, 마지막 순간에 기력을 차린 것인지 회복의 징조인지는 오늘 밤을 지내 봐야 알 것 같습니다."

"으흐흑!"

"최선을 다하겠습니다."

부친이 한숨과 함께 '고맙습니다.'라고 답을 한 뒤에 강찬을 향해 고개를 돌렸다.

"고맙네."

강찬은 그냥 묵묵하게 있었다.

"강찬 씨, 내려갑시다."

유헌우를 따라 강찬이 일어서자 두 사람이 몸을 일으켰다.

"도움이 못 돼서 죄송합니다."

"목소리를 들었던 게 어딘가? 경황이 없으니 오늘 밤이 지나고 다시 인사할게."

"마음 쓰지 마세요."

인사를 마치자 유헌우가 걸음을 옮겼고, 강찬이 그 뒤를 따랐다.

엘리베이터에 올라타고 문이 닫힌 뒤에 유헌우가 힐끔 시선을 돌렸다가 강찬과 눈이 딱 마주쳤다.

"왜요?"

"고마워서 그렇습니다."

강찬이 피식 웃은 다음이었다.

"환자가 죽는 걸 견디지 못해서 개업하는 의사들도 많습니다. 대학병원에서 충분히 대우받을 실력이 있는데도 피하는 거지요. 매일 죽어 가는 환자를 바라보노라면 이 일에 회의가 느껴질 때가 많습니다."

"저도 살리셨잖아요?"

엘리베이터가 열렸다.

강찬이 내려서 병실로 향하는데 유헌우가 그대로 따라왔다.

드르륵.

석강호가 가슴을 싸안으며 자리에서 일어났다.

"어떻게 됐소?"

"오늘 밤이 고비란다."

"원장님, 저녁은 드셨소?"

"아직 못 먹었습니다."

"저런! 자장면이라도 하나 시켜 드릴까?"

유헌우가 '좋지요!' 하고는 건너편의 빈 침대로 움직였다.

강찬은 커피를 탔고, 석강호는 자장면을 시켰으며, 유헌우는 침대에 누웠다.

잠시 후, 가볍게 코를 고는 소리가 들려왔다.

"아니? 저 양반은 원장씩 되는 양반이 왜 남의 병실에서 잠이 들어?"

말은 투박하게 했지만 석강호는 몸을 움직여 유헌우에게 모포를 덮어 주었다.

"어이구! 힘드셨었구만."

강찬의 앞으로 다가온 석강호가 담배를 들었다가, 유헌우를 보고는 다시 내려놓았다.

"대장은 희한하게 사람을 끌어요."

"뭐?"

후루룩 소리를 내며 커피를 마신 석강호가 픽 하고 웃으면서 유헌우를 또 보았다.

"대장 옆에 있으면 이상하게 의지가 되우. 아무리 힘들어도, 이거 어떻게 빠져나가지? 싶을 때도, 대장이 있으면 어쩐지 길이 있을 것 같은 거? 뭐 그런 거 아니겠수?"

"야! 나도 목에 구멍 나서 죽었어."

고양이가 기분 좋을 때 내는 소리처럼 유헌우의 코 고는 소리가 '가라랑, 가라랑' 들려왔다.

"저거 보면 모르겠수? 저 양반도 지금은 누군가에게 의지하고 싶었을 거요. 제라르, 그 새끼랑 비슷한 걸라나?"

"아휴, 됐다."

위로가 된다면 좋긴 한데 담배를 못 피우는 건 지랄이다.

"그 이상한 옷이나 벗으쇼. 반도체 공장에 온 것 같소."

강찬은 중환자실에 들어갈 때 입었던 옷을 벗었다.

올라가서 있었던 일을 설명하고 나자 자장면이 도착했다. 정말 곤히 자는 사람을 깨우기 뭐해서 석강호가 투덜대며 대신 먹었다. 전부 다, 하나도 남김없이, 말끔히.

30분쯤 더 자고 일어난 유헌우는 자장면이 왔는데도 깨우지 않았다고 서운해하며 병실을 나갔다.

염병. 간호사에게 말해서 하나 더 시켜 먹으면 되지.

토요일이 그렇게 흘러갔다.

⚜ ⚜ ⚜

아침 회진 시간에 들어온 유헌우의 표정이 밝았다.

"어떻게 됐어요?"

"반응은 좋습니다. 안정되는 것 같아서 희망을 가지고 지켜보고 있지요."

대답을 하면서 강찬의 왼손을 먼저 풀어 낸 유헌우가 움직임에 따른 통증을 물어보았다.

"오늘부터 붕대를 얇게 맬 텐데 혹시 쥘 때 손이 떨리면 위험하다는 뜻이니까 바로 와야 합니다."

"예, 그러죠."

고개를 끄덕인 유헌우가 석강호의 붕대를 잘라 냈다.

보기에도 신음이 나올 만큼 살점이 묻어났는데 다행히 상태는 나쁘지 않다고 했다.

소독하고 약 바르고, 다시 붕대를 감았다.

"강찬 씨, 고맙습니다."

뜬금없는 인사다.

이런 건 그냥 웃어 주는 게 제일 좋다.

유헌우가 나가고 둘이서 편하게 늘어졌다. 일주일가량 휴가를 보낸 것 같았다.

"내일부터 뭐할 거요?"

"글쎄다. 당장은 김 팀장까지 전부 입원해 있어서 좀 한가해지지 않겠냐? 너는 어떻게 할 건데?"

"학교에 아예 기간제 교사를 임용해 달라고 부탁했소."

강찬의 시선을 받은 석강호가 설명을 덧붙였다.

"그냥 임시직 교사라고 생각하면 딱 맞소. 아무래도 이 몸으로 달리거나 뛰기 어려우니까, 1년 정도 쉴 생각이요. 아직 군사 기밀 팔아먹으려는 국회의원 놈도 남았고. 아무래도 내가 좀 여유 있는 게 대장에게도 좋지 않겠수?"

생각해 보면 나쁠 것 같지도 않아서 강찬은 고개를 끄덕였다. 칼에 베인 상처가 그처럼 빠르게 낫는 것이 아니라면 어느 정도 휴식은 반드시 필요한 일이다. 통장에 여윳돈도 있고, 국가정보원에서 급여를 받으니까 생활을 걱정할 필요도 없는 거고.

침대에 걸터앉은 강찬은 창밖을 향해 시선을 돌렸다. 김미영에게서 문자 한 통 없는 것이 마음에 걸렸다.

'놔두자. 고3이다.'

원래 생각이 이랬다.

여동생 같던 애가 최근 부쩍 성장한 느낌이었지만, 대학에 가서 어떻게 바뀌더라도 김미영의 선택을 받아들일 생각이었다.

그럼 남은 일은 하루를 푹 쉬면서…….

강찬이 침대에 등을 기댈 때였다.

웅웅웅. 웅웅웅. 웅웅웅.

'어딜 쉬려고 그래?' 하는 것처럼 전화가 울렸다.

라노크였다.

퇴원하면 연락하기로 했었다. 급한 일인가?

"여보세요?"

[강찬 씨, 몸은 좀 어떻습니까?]

"내일 퇴원할 생각입니다."

[쉬는 날 미안하지만 바실리에게서 연락이 있었습니다. 전화로 말하기는 어렵고, 만나고 싶은데 병원으로 가도 될까요?]

바실리면 유라시아 철도의 러시아 담당자다.

고약하게 생긴 새끼.

"그러세요. 얼마나 걸리세요?"

[10분이면 도착할 겁니다.]

"네, 대사님."

전화를 끊은 강찬은 석강호에게 내용을 설명하고 옆방에 잠시 있으라고 했다.

종이컵 몇 개를 쓰레기통에 넣은 석강호가 병실을 나서고 얼마 지나지 않아 라노크가 들어섰다.

가벼운 인사를 마친 두 사람은 침대 앞의 탁자에 마주 앉았다.

"정말 퇴원할 수준으로 나왔군요."

"특이체질이랍니다. 이것 때문에 전에 조직 검사를 받았었습니다. 미국에 있는 연구소에요."

라노크는 고개를 끄덕인 후에 다리를 꼬고 앉았다.

루이가 시가를 준비해 주었고, 강찬은 담배를 물었다.

뻐끔. 뻐끔.

"바실리가 중재를 요청해 왔습니다."

불붙은 시가를 손가락으로 돌려 가며 라노크가 입을 열었다.

"전에 몽골 작전에 나갔던 한국 대원들의 시체와 이번에 양진우의 집에서 발견된 일본 요원들의 시체를 교환하자는 내용이었습니다."

강찬은 담뱃재를 종이컵에 털며 고개를 갸웃했다.

극비리에 했기 때문에 알아도 모른 척하던 일인데 대놓고 시체를 교환한다고?

"바실리가 나선 겁니다. 러시아가 중재했기 때문에 목적과 결과, 국적 따위를 따질 필요가 없는 거지요. 그런데 중요한 건 그게 아닙니다."

라노크가 병실을 한 번 둘러본 다음 나직하게 말을 뱉었다.

"바실리는 그런 일을 중재할 위인도 아닐뿐더러, 만약 중재할 생각이 있더라도 절대로 전면에 나설 자가 아닙니다. 이번 중재는 바실리가 한국에 올 핑계를 만드느라 필요한 일일 겁니다."

"그냥 오면 되는 거 아닌가요? 바실리 정도 되면 어떤 핑계라도 댈 수 있을 것 같은데요?"

"러시아와 바실리는 그럴 능력이 있지요. 그런데 왜 그가 이렇게 구차한 핑계까지 대면서 올까요? 어쩌면 이번 시신 교환도 바실리가 먼저 제안했을지 모를 일입니다."

구렁이가 모르는 일을 강찬이 알기는 어렵다.

담배를 끄면서 강찬은 라노크가 답을 주기를 기다렸다.

"바실리는 아마 강찬 씨를 만나러 오는 것 같습니다. 아무리 짐작해 봐도 러시아나 바실리가 한국 정부에서 당장 얻을 것이 없거든요. 더구나 중국이 보관 중이던 한국 특수팀의 시신까지 직접 가져온다면 이미 일본과도 이야기가 끝났다는 말이 됩니다."

"왜 저를 만나러 온다고 생각하세요?"

"바실리가 내게 부탁한 두 가지 이유 때문입니다. 한국 정부에 시신의 교환을 중재해 달라, 다음으로 강찬 씨와 함께 만나고 싶다."

"바실리가요?"

"강찬 씨를 저의 후계자쯤으로 생각하고 있는 나라들이 많습니다."

라노크가 고개를 끄덕이며 뒤를 돌아보자 루이가 종이컵에 차를 탔다.

"수요일까지 답을 달라고 했습니다. 한국 정부에서 동의한다면 금요일에 자가용 비행기로 들어온다고 하구요. 시신의 교환은 공항에서 바로 하기를 원했습니다."

"대사님 생각은 어떠십니까?"

라노크가 잠시 컵을 내려다보다가 시선을 들었다. 프랑스인 특유의 갸름한 얼굴에 눈매가 매서워서 이럴 때면 정말 강단 있어 보인다.

"강찬 씨가 결정하는 대로 함께하겠습니다. 이번 시신 교환도 강찬 씨를 만나고 싶어서 만든 일종의 핑계 같은 것이니까 시신만 교환하겠다고 하면 일이 성사되기 어려울 겁니다."

"대사님."

"말씀하세요, 강찬 씨."

"대사님은 짐작하시는 일이 있으신 거죠?"

담배를 짚으며 툭 던진 질문의 끝에서 강찬은 라노크가 무언가를 말하지 않고 있음을 확신했다. 전에는 전혀 알지 못했던 라로크의 작은 반응들이 이제는 어떤 의미인지를 알 수 있었다. 새끼손가락이 떨리는 것을 본 이후로 부쩍 그랬다.

"짐작은 합니다만, 확신하기는 어렵습니다. 그래서 개인적으로는 바실리는 만나 보고 싶습니다. 도대체 무엇 때문에 자존심 하나로 살아가는 위인이 한국에 와서 강찬 씨를 만나려 하는 것인지 알고 싶습니다."

"한국 정부에는 제가 이야기할까요?"

"그러는 게 좋겠습니다."

라노크의 미소를 보며 강찬은 이번 대답에도 무언가 다른 노림수가 있음을 알았다.

하아! 정말 피곤하게들 산다.

"수요일 정오까지 답을 주세요. 답이 나오는 대로 바실리와 일정을 짜도록 하지요."

라노크가 종이컵에 담긴 차를 한 모금 마시며 강찬에게 고개를 끄덕였다.

"한국 정부가 과연 받아들일까요?"

"굉장히 고마워할 겁니다."

"그렇군요."

전투가 아닌 정보전의 분석과 결과 예측은 아무래도 라노크가 한 수 위다. 강찬은 순순히 라노크의 뜻을 받아들였다.

"강찬 씨, 러시아까지 개입되면 진심으로 한국 정부는 강찬 씨를 지켜 주지 못합니다. 본국의 정보국과 정보총국이 사활을 걸어야 한다는 뜻은 러시아, 중국, 미국, 영국이 하나로 뭉쳐서 강찬 씨를 노릴 수 있기 때문입니다. 거기에 자칫하면 일본과 북한이 가세합니다."

'러시아와 중국, 미국, 영국이 왜?'

강찬의 표정을 본 라노크가 나직하게 숨을 뱉었다.

"바실리를 만나 봅시다. 그 후에 저와 의논하지요."

"대사님, 저 때문에 대사님도 위험해지시는 건가요?"

라노크가 날카롭게 강찬을 보았다.

"정보국에 철칙처럼 내려오는 교훈이 있지요. 사람에게 끌리는 때가 오면 무조건 손을 떼라."

"손을 안 떼면 어떻게 됩니까?"

"한국 정부에 연락하셔서 답을 주세요. 나머지는 내가 알아서 하겠습니다. 수요일 정오까지입니다."

답을 피하는 것을 알았지만, 강제로 들을 방법은 없는 거다.

"알겠습니다, 대사님."

라노크가 자리에서 일어났다.

시계를 봤을 때 방에 들어온 지 꼭 20분 만이었다.

강찬이 전화번호를 찾아 통화 버튼을 누르려고 할 때, 석강호가 병실로 들어섰다.

"무슨 일이오?"

"앉아."

감출 게 없는 거다.

강찬은 라노크와 나눈 이야기를 모두 전해 주었다.

"아, 그 새끼들. 뭐가 이렇게 복잡해? 그냥 시원하게 선은 이렇고, 후는 이러니까 이렇게 하자, 그러면 얼마나 좋아?"

듣기에는 시원한데 정보전을 담당하는 놈들은 절대 그럴 것 같지는 않았다.

"어쩔 거요?"

"우선 김 팀장한테 전화해서 결과를 달라고 해야지. 라노크 말로는 거절하지 않을 거라는데?"

"하기야."

석강호가 고개를 끄덕였다.

국가를 위해 희생된 사람들이다. 그들을 거부하는 건 강찬의 생각에도 썩 달갑지 않은 일이었다.

강찬은 전화를 걸어 김형정에게 상황을 설명했다.

[원장님께 직보해서 가능한 한 빠르게 답을 드리겠습니다.]

"수요일 정오까지, 교환은 공항에서, 그리고 바실리가 서울에 들어오는 조건입니다."

[알겠습니다. 고맙습니다, 강찬 씨.]

함께 갔던 대원들을 찾는 일이다.

김형정의 나직한 음성에 담긴 비통함을 들은 강찬은 조용하게 전화를 끊었다.

"그런데 희한하긴 하우."

"뭐가?"

"아니, 러시아에서 대장을 찾을 일이 뭐가 있겠소? 거기에 굵직한 나라들이 다 대장을 노린담서요? 프랑스는 그걸 지켜 주기 위해서 자꾸 귀화하라고 하고, 내용은 안 알려 주고. 도대체 뭐지?"

"쯧!"

어쨌든 만나 보면 알 일이다.

모처럼 맘 편히 쉴 생각이었는데, 오전부터 마음이 무거워졌다.

이럴 땐 맛있는 걸 먹으면서……?

강찬은 석강호를 날카롭게 노려보았다.

일주일 내내 먹는 걸로 훈련을 받고 났더니 기분이 안 좋으면 먹는 게 먼저 생각난다.

점심을 시켜 먹고 커피, 담배를 즐긴 다음 침대에 늘어졌다.

유혜숙과 전화 통화를 해서 내일 집에 들어간다고 했고,

이어서 미쉘과 통화를 했는데 드라마 반응이 예상외로 좋다는 말을 들었다.

[양 회장 사건이 없었다면 드라마 성적이 훨씬 더 좋았을 거야.]

개새끼가 뒈지면서까지 재를 뿌린 꼴이다.

통화를 끝내고 전화기를 한쪽에 내려놓을 때 문이 열리며 유헌우가 들어섰다.

"강찬 씨."

점심에는 회진이 없다.

그렇다면 틀림없이 심수진의 결과를 알려 주려고 온 걸 거다.

"수진 학생이 깨어났어요."

"정말요?"

석강호가 화들짝 상체를 든 앞에서 유헌우는 만족한 표정으로 고개를 끄덕였다.

"통증을 호소하긴 하는데 심박이니, 체온이니 모두 안정권에 들어섰습니다. 고맙습니다, 강찬 씨."

"잘됐네요."

"그럼요. 이럴 때 정말 의사로서 보람을 느낍니다."

말을 마친 유헌우가 미안한 표정으로 강찬을 보았다.

"그런데 강찬 씨에 대한 기억은 하나도 없는 모양입니다. 먼저 말하지도 않고, 딱히 물어보기도 그래서 모른 척

했습니다."

"차라리 그게 낫지요. 괜히 이리저리 엉기면 불편합니다. 이대로 얼른 나아서 건강하게 퇴원했으면 좋겠네요."

"1년은 저 상태로 있어야 할 겁니다. 뼈가 워낙 잘게 쪼개져서 치료 시에 고통도 상당할 거구요. 그래도 살아서 저렇게 웃어 주면 얼마나 예쁜지 모릅니다. 오후 면회가 끝나면 수진이 부모님이 인사하려고 할 텐데 잠깐 시간 좀 내주시죠."

강찬은 고개를 저었다.

이렇게 끝나는 게 제일 좋다.

"그러실 필요 없다고 전해 주세요. 그냥 맘 편히 있다가 내일 퇴원할게요."

"알았습니다. 그건 저녁 회진 시간에 다시 의논하지요."

기쁜 소식을 남긴 유헌우가 병실을 나섰다.

강찬은 은근히 기분이 좋아졌다.

제3장

하고 싶은 일?

저녁 전에 두 번이나 거절했음에도 불구하고, 심수진의 부모가 만나기를 청하는 바람에 강찬은 결국 유헌우를 따라 원장실로 움직였다. 부모의 마음도 걸렸지만, 세 번씩이나 찾아온 유헌우의 입장을 끝까지 모른 척하기 어려웠다.

유헌우를 따라 11층의 원장실로 들어서자 심수진의 부친과 모친이 소파에서 얼른 몸을 일으켰다. 피곤한 기색은 여전했지만, 눈과 얼굴 전체에 생기가 돌았다.

"학생!"

모친이 대뜸 마주 선 강찬의 손을 잡았다. 강찬이 중환자실에 있을 때 유혜숙의 표정이 꼭 이랬을 거다.

잘됐다. 정말 잘된 일이다.

"앉으시죠."

소파의 상석에 자리한 유헌우가 손을 뻗어 자리를 권했다.

"수진이가 기억하지 못하는 거, 서운하게 여기지 말아요."

강찬은 풀썩 웃으며 괜찮다는 말을 했다.

"여기, 내가 명색이 대학교수네."

부친이 '고정대학교 정치외교학과 심민덕'이라 적힌 명함을 강찬에게 건네주었다.

"집사람 말대로 너무 서운하게 생각하지 말게."

"그게 오히려 마음 편합니다."

"고마워요."

모친이 미안한 얼굴로 얼른 답을 했다.

여직원이 차를 내왔는데 이미 할 이야기는 대강 끝이 난 다음이다.

"언제고 한번 들러 주게. 사람이 살아가는 게 다 이렇게 만나서 서로 힘이 되고 하는 거니까."

"알겠습니다."

강찬은 고마운 마음으로 인사를 받았다.

"우리도 모처럼 집에 가 볼 생각이네. 덕분에 정말 오랜만에 푹 잘 수 있을 것 같아. 자네는 내일 퇴원이라지?"

"예."

"고맙네. 정말 고마워."

강찬이 멋쩍게 웃는 것을 본 유헌우가 얼른 끼어들었다.
"자! 인사는 이만하면 되신 것 같습니다. 두 분도 가셔서 좀 쉬셔야지요. 오늘은 아무 걱정 말고 푹 주무시고 내일 면회 시간에 맞춰 오세요. 수진이에게도 부모님의 밝은 얼굴이 훨씬 좋을 겁니다."
일어서서 몇 차례 더 고맙다는 인사를 한 뒤에야 두 사람이 원장실을 나섰다.
"이제 되셨죠?"
"고생했습니다."
보기 좋은 웃음으로 유헌우가 답을 한 직후였다.
"내일 퇴원인데 옷이 없습니다."
"또요?"
"다 아시면서 왜 그러세요?"
"알겠습니다. 내가 내일은 기분 좋게 준비해 드리지요."
"석 선생 것두요."
"그럼요!"
강찬이 일어서자 유헌우가 따라 나왔다.
"원장님은 가족이 없으세요?"
"왜요? 기가 막히게 예쁜 부인에 말 같은 아들이 셋이나 있습니다."
"일요일에 이러고 계시면 불평 안 합니까?"
"성직자와 의사는 휴일 근무를 불평하면 안 됩니다. 전 그

것 하나는 확실하게 가족에게 심어 줬지요. 특히나 비밀 치료를 시작하고 나서는 더더욱이요."

강단 있는 척 말은 하지만, 강찬이 보기에 능글맞게 설득했을 확률이 높았다.

⚜ ⚜ ⚜

월요일 아침에 유헌우가 사다 준 옷을 입고 병원을 나선 강찬은 석강호와 함께 사거리 커피 전문점에 들렀다.
"날씨 죽이우."
"가을이라 그런가? 확실히 운치가 있긴 하다. 가 있어. 내가 사 갈게."

강찬이 커피 2잔을 받아서 테라스로 움직였다.
"너는 지금 몸뚱이 기억이 다 있어?"

커피를 한 모금 마신 강찬은 문득 생각나는 것을 제대로 알아보고 싶었다.

"그러게요. 대장이 생각해 봐도 그렇지요? 사실 내가 한국말을 알아듣고 지껄이는 것만 해도 말이 안 되는 거 아니오? 그런데 처음부터 그랬던 거라 이젠 당연하게 느껴지우."

하기야 다예루가 한국말을 지껄이는 것부터가 사실 말이 안 되는 것이기는 하다.

"전에 감정이 어땠는지도 느껴지우. 그래서 마누라랑 딸의 의심이 덜하기도 하고. 과거에 있었던 일을 공유하니까. 지난번에 집들이하지 않았소? 그때 온 친척들과 동료들도 다 알겠더라구요."

강찬이 석강호를 힐끔 보았다.

가끔 생각이 깊어진 듯한 꼴을 보이더니 이런 이유 때문이었나 보다.

"바실리가 온다는 것도 그렇고, 자비에란 새끼도 아직 한국에 있을지도 모른다. 거기에 영국이니 미국이니 뒤엉기는 꼴이 심상치 않으니까 당분간은 몸조심하고 있어."

"돌아다니고 싶은 마음도 없소. 대신 하루에 한 번은 미사리라도 다녀옵시다. 집에만 누워 있으면 갑갑해 죽수."

"알았다."

적당히 담배 피웠고, 커피도 마신 후에 자리에서 일어났다.

병원에 있을 때는 몰랐는데 석강호는 움직임이 불편해 보였다. 특히 택시를 탈 때 그랬다.

둘이서 아파트 앞에서 헤어졌고, 강찬은 바로 집으로 올라갔다.

번호 키를 누르고 들어섰을 때였다.

"아들!"

유혜숙이 정말 반갑게 강찬을 맞아 주었다.

"출근 안 하셨어요?"

"오늘 아들 온다고 했잖아! 보고 가려고 기다렸어. 손은 왜 그래?"

"조금 다쳤어요. 이번 주 지나면 괜찮을 거래요."

"조심하지. 많이 안 아파?"

그날 이후로 처음 보는 거다. 그래서 그런지 유혜숙의 몸짓과 음색에 어색함이 묻어 있었다.

강찬은 툭 하고 다가가 유혜숙을 안았다. 이렇게 안으면 유혜숙의 머리가 강찬의 턱밑에 닿는다.

"괜찮으신 거죠?"

"그럼. 아들이 지켜 주잖아."

풀썩 웃는 강찬의 등을 유혜숙이 다독여 주었다.

더 무슨 말이 필요하겠나? 서운하거나, 마음이 전해지지 않을 때는 안아 주는 게 최고다.

"엄마가 아들 서운하게 했지?"

"많이 놀라셨었잖아요."

"응."

강찬이 팔을 풀었다.

"아들, 과일 좀 먹을래?"

"그럴까요?"

하고 싶은 말이 있는 눈치여서 강찬은 순순히 식탁으로 움직였다. 냉장고에서 멜론을 꺼낸 유혜숙이 먹기 좋게 자른 후에 껍질을 벗겨 냈다.

"직원들이 설명해 줬어. 아들이 아니었으면 엄마 못 지켰을 거라구. 아니면 거기 있는 직원 한두 명은 잘못됐을 거라고도 했어. 여기!"

유혜숙이 포크로 잘라 낸 멜론을 찍어 강찬에게 건넸다.

"유라시아 철도 때문에 어떡해서든 아들을 막으려는 나라에서 아빠와 엄마를 노린다는 말도 들었어. 그걸 아들 혼자 막아 내려고 애썼다는 말도 들었고. 먹어, 아들."

"같이 드세요."

"이거만 깎고."

유혜숙의 표정을 보자 어쩌지 못해서 강찬은 멜론을 입에 넣었다.

"아빠랑 엄마도 강해질 거야. 아들이 나라를 위해서 애쓰는 일에 방해되지 않게 기운 내기로 했어."

뭔가 있는데?

강찬은 유혜숙의 얼굴에 담긴 자부심을 보았다.

궁금하긴 한데 물어보기는 어렵다.

"직원들도 그대로 다 있기로 했어. 유라시아 철도가 연결되면 우리나라는 정말 잘사는 나라가 될 거래. 왜?"

강찬을 본 유혜숙이 말끝에 웃는 이유를 물었다.

"어머니, 누구 만나셨죠?"

"아니야."

"푸흐흐, 거짓말하면 티 나는 거 아시죠? 하여간 아버지랑 어머니는 거짓말 정말 못해."

"티 많이 나?"

"예."

멜론을 반이나 깎아 놓아서 강찬은 포크로 그중 하나를 찍어 유혜숙에게 건네주었다.

"모른 척해 줘. 아빠랑 엄마가 비밀 지키기로 했어."

"알았어요. 얼른 과일 드세요."

유혜숙이 포크를 받아 입에 물고 난 다음이었다.

"어머니가 너무 힘드시면 이제 국가에서 하는 일은 그만할까 해요."

"으으응!"

입에 과일이 있어서 유혜숙의 답이 이상했다.

"아들이 좋은 일을 해. 아빠나 엄마 때문이 아니라."

유혜숙이 과일을 얼른 삼킨 후에 다시 말을 이었다.

"엄마나 아빠는 평범하게 살아서 잘 몰라. 그래서 적응하는 데 시간이 걸리는 거야. 대신 위험하지 않았으면 좋겠어. 엄마가 원하는 건 그거 하나야."

말끝에 유혜숙이 강찬의 왼손을 보았다. 안쓰러운 감정을 숨기고 이겨 내려는 모습이 역력했다.

유헌우가 병원을 못 옮기게 했던 것처럼 누군가가 유혜숙을 제대로 설득한 거다.

당장 무언가를 결정할 것은 아니어서 강찬은 그저 '알았어요.' 하고 다른 말을 하지 않았다.

"출근하셔야죠?"

"응. 엄마 이제 출퇴근용 차도 생겼어."

이건 무슨 소리지?

"아빠가 사 주셨어. 여직원 2명과 함께 다니라고."

"정말 잘하셨어요."

진심이다. 경호를 숨기지 않아도 되고, 무엇보다 유혜숙이 받아들이고 나면 위험이 훨씬 줄어든다.

"점심 먹고 출근할게."

시간이 얼추 11시여서 강찬은 그러자고 했다.

적당히 과일을 먹고, 샤워실로 향했다.

옷을 벗자 아직 벌겋게 올라온 새로운 흉터들이 보였다. 어떻게 칼자국이 연결 안 된 구석이 하나도 없다. 갈 일도 없을 것 같지만, 강대경이나 유혜숙과 수영장 가기는 다 틀렸다.

모처럼 개운하게 샤워를 하자 날아갈 것처럼 기분이 좋아졌다.

점심은 그야말로 모처럼 먹는 집밥이다.

된장국, 김치, 콩나물 무침, 오이무침 등등.

석강호와 있는 동안 먹는 양이 늘었나 싶을 정도로 배불리 먹었다. 설거지를 끝낸 유혜숙이 여직원과 통화를 한 후에 현관에 섰다.

"다녀오세요."

"고마워, 아들."

뭐가 고마운 거지?

오히려 이런 엄마가 있는 것에 감사한 마음이다.

유혜숙이 현관을 나서자 방으로 들어간 강찬은 김형정과 통화를 해서 부탁 한 가지를 했다.

오후 중간에 서울대학교 특례 입학 증서가 도착했다는 소식을 석강호가 전해 주었다. 수요일에 학교에 가서 받아 와야 한다는데, 또 시상이 어쩌고 해서 다시는 그렇게 안 한다고 딱 잘랐다.

6시 30분경, 강대경과 유혜숙이 동시에 들어와서 모처럼 셋이서 함께 저녁을 먹었다.

"배가 너무 부른데? 바람이나 쐬고 올래?"

식사를 마치고 강대경이 건넨 말이었다.

하고 싶은 말이 있는 눈치여서 강찬은 두말하지 않고 강대경과 함께 현관을 나섰다.

"손은 정말 괜찮은 거지?"

"예."

겨우 한마디를 했을 때 아래층에서 사람이 타는 바람에 아파트 현관을 나설 때까지 다른 말을 하지는 못했다.

"저기 가서 앉자."

정자 주변으로 놓인 벤치가 비었다.

강대경이 가리킨 곳으로 옮겨 가서 둘이 편안하게 앉았다.

"대통령, 국무총리, 국가정보원장. 그렇게 세 분하고 엄마와 아빠가 식사했었다."

이거였구나.

강찬은 풀썩 웃음을 웃었다.

"처음엔 정말 어렵더니 나중엔 엄마도 조금은 편해하더구나. 그분들이 그렇게 대해 주셨어."

"어머니가 그래서 바뀌신 건가요?"

"엄마 눈치가 그렇지?"

"예."

강대경이 숨을 커다랗게 들이마신 다음 천천히 내쉬었다.

"널 유라시아 철도 한국 담당으로 임명하고 싶다고 하시던데?"

"저를요?"

강대경이 입술을 모은 채로 고개를 끄덕였다.

"설립위원장인 라노크 대사의 추천이 있어서 우리 정부는 거절하기 어렵다는 평계를 대실 생각이라더라. 네가 그런 중요한 역할을 하게 되면 방해하고 싶어 하는 나라에서 수단과 방법을 안 가릴 텐데 아버지와 어머니가 많이 도와주셨으면 한다고."

"아버지 생각은 어떠세요?"

"그걸 왜 물어봐? 정말은 네 생각이 중요한 거지."

당연한 말인데 새삼스럽게 다가왔다.

"네가 싫은 걸 아버지나 엄마 때문에 하는 거 싫다. 아빠가 그랬잖아. 대학 가기 싫으면 가지 말라고. 엄마 짜증은 아빠가 다 감당할 거라고 약속한 거 같은데?"

둘이서 자그맣게 웃고 난 다음이었다.

"엄마와 약속했어. 너를 틀 안에 가두지 않기로. 네가 정말 큰 인물이 될 수 있는데 엄마나 아버지가 겁난다고, 네가 너무 걱정된다고 막지는 말자고. 하지만 솔직히 무서운 건 있어. 그게 뭔지 알지?"

습격을 당하는 게 무서운 게 아니라 자신이 다칠 것이 무서운 것임을 왜 모르겠나.

"네가 보여 준 모습들을 이해하기도 어렵고, 받아들이기도 힘들다. 다만, 아빠나 엄마와는 다르게 네가 그런 분야에 천부적인 재능이 있겠구나 싶은 거야. 국가정보원장님이 그러시던데? 네가 이대로 30살쯤 되면 그 어떤 나라도 함부로 대하지 못하는 거물이 될 거라고."

그때까지 살아 있기나 할까?

"아빠는 네가 거물이 되는 거보단 행복하게 사는 게 기쁘다. 엄마도 마찬가지고. 대신 네가 그런 삶이 행복하다면 엄마나 아빠 때문에 억지로 숨겨 가며 일하지 않아도 된다는 말을 하고 싶었다."

"예."

"그런 건 근데 안 다치고는 안 되는 거겠지?"

강찬을 바라보며 강대경이 멋쩍게 웃었다.

"서울대학교 특례 입학 증서는 꼭 엄마 갖다 드려라."

"알고 계셨어요?"

"그날 말씀하시던데? 오늘 학교로 보낼 거라고. 엄마, 그거 엄청 기다린다."

꼼짝없이 수요일에 학교에 가게 생겼다.

"찬아."

"예."

"엄마, 너한테 서운한 얼굴 보인 거 만회해 보겠다고 엄청나게 노력하는 거야. 아들 모습을 무조건 다 받아들이겠다고 정말 애쓰고 있는 거고. 엄마 이해해 줬으면 싶다."

"그럼요."

"어이구, 이놈이 언제 이렇게 불쑥 컸지?"

강대경이 손을 뻗어 강찬의 머리를 흐트러트렸다.

"에스컬레이터도 혼자 못 타서 울고불고하던 녀석이."

"제가요?"

"기억 안 나는 척할래?"

실제로 기억나지 않는 일이다.

"그래. 사내자식이 자존심도 있긴 해야지."

강대경이 '엇차!' 하면서 의자에서 일어섰다.

"들어가자. 엄마 걱정하겠다."

월요일이 이렇게 정리되었다.

⚜ ⚜ ⚜

화요일에 강대경과 유혜숙이 출근하고 나서 강찬은 삼성동으로 향했다. 뜻밖에도 사무실에서 보자는 김형정의 전화를 받은 건데 납득하기는 어렵지만, 일단 움직였다.

달칵.

5층에 도착했을 때 처음으로 모르는 직원이 문을 열어주었다.

"팀장님께서 기다리십니다."

직원은 김형정의 방 문고리에 카드를 대고 문을 열었다.

"강찬 씨!"

방으로 들어서던 강찬은 실없는 웃음을 터트렸다.

정면에 보이는 창 아래로 간이침대가 있었고, 김형정은 그곳에 누워 있었다.

몸의 3분의 2 이상을 붕대로 감싼 모습이었다.

"이렇게까지 하실 필요가 있어요?"

"경찰병원이 담배를 못 피우게 하지 않습니까? 아후! 이게 차라리 낫습니다."

어째 주변에 있는 사람들이 점점 더 이상해져 간다.

"김태진 그 친구는 내일 퇴원합니다."

"벌써요?"

"꾀를 피웠을 친구는 아닌데 그렇다더군요. 담배 하나 피웁시다."

강찬이 탁자를 건너가 간이침대 옆에 앉을 때 달칵 소리와 함께 문이 열렸다.

커피와 재떨이다.

다른 건 몰라도 직원들은 이런 거 정말 싫을 것 같다.

강찬은 담배를 하나 물려 주고 불을 붙여 주었다. 물론 자신도 피웠다.

"국가정보원에서는 강찬 씨에게 죽은 대원들의 인수를 부탁하기로 했습니다. 그에 따르는 강찬 씨의 어떤 요구도 승인할 생각이고, 모든 지휘를 강찬 씨에게 맡기기로 하였습니다."

어차피 할 거라면 차라리 이게 속 편하다.

"그리고 부탁하신 발신기는 제 책상 위에 두었습니다."

강찬이 고개를 돌려 보니 책상 위에 작은 상자가 하나 보였다.

"넥타이핀, 단추, 그리고 허리띠, 마지막으로 압정 3개입니다. 압정은 구두 뒷굽 안쪽에 꽂아 두면 됩니다. 한번 설치하면 3개월 사용할 수 있습니다."

"수신기는요?"

"강찬 씨 전화기에서 확인할 수 있도록 어플을 보내 드리겠습니다."

"좋네요."

김형정이 붕대를 칭칭 감은 팔을 뻗어 뻑뻑하게 잔을 들었다. 위태위태해 보였지만 흘리지 않고 커피를 마셨다.

"죽은 대원들의 한을 조금이나마 풀어 준 것 같아서 마음이 한결 가볍습니다."

묻지도 않았는데 먼저 뱉은 말이다. 실제로도 김형정은 기분이 한결 좋아 보였다.

"바실리가 금요일에 입국하면 정보국은 1급 경계를 내릴 겁니다. 그가 우리나라에서 살해당하면 뒷감당이 정말 만만치 않습니다."

"쉽게 죽을 사람으로는 안 보이던데요?"

"그것도 문제입니다. 바실리는 이익을 위해서라면 수단을 안 가리는 인물이지요. 한마디로 극단적인 사람입니다."

강찬이 피식 웃는 것을 본 김형정이 힘겹게 침을 삼켰다.

"하기야 강찬 씨를 안다면 섣불리 행동하지는 않을 겁니다."

"정말 여기 계실 거예요?"

"병원보다 낫다니까요."

병원보다 좋아서가 아니라 금요일의 행사를 지원하기 위

해서일 거다. 두고 왔던 대원들을 찾는 일이라면 강찬도 이랬을 게 분명했다.

점심을 먹고 가라는 김형정의 권유를 강찬은 완곡하게 거절했다. 물론 맛있는 짬뽕이 생각나긴 했는데 김형정의 상태가 기분 좋게 식사를 하기에는 무리가 있어 보인 탓이다.

식충이랑 일주일을 있었더니 식욕만 늘었다.

강찬은 전화를 꺼냈다.

[어디쇼?]

"삼성동에 잠깐 들렀어."

[어? 김 팀장이 벌써 퇴원했어요?]

"상태가 별로 안 좋아. 그건 그렇고, 점심 어떻게 했냐?"

[아직 11시요. 얼른 오쇼. 지하 주차장에 있을 테니까 수원에 갔다 옵시다.]

"수원?"

[거기 왕갈비가 죽여줍니다.]

강찬은 실없는 웃음을 웃고는 바로 택시를 탔다.

얼마 걸리지 않는 거리다.

가는 동안 박스를 열어 보니 김형정이 말한 종류의 발신기들이 스펀지에 가지런히 꽂혀 있었다.

'일단 이걸로 됐고.'

바실리가 찾아올 때는 분명 이유가 있는 거다.

총을 들고 마주치는 전쟁이 아닌, 정보전에 뛰어든 만큼 그에 맞는 준비를 해 둘 생각이었다.

택시에서 내리자 아파트 앞쪽 길에 석강호가 차를 세워 두고 있었다.

"지하 주차장에 있지!"

"살살 몰아 보니까 여기까지는 할 만합디다."

강찬이 운전석에 올랐을 때 석강호는 이미 내비게이션으로 목적지를 찾아 두었다.

그래! 먹자, 먹어!

아픈 놈이 고기 먹겠다는데 못 들어줄 것도 없다.

강찬은 곧바로 내비게이션이 가리키는 대로 차를 몰았다.

"얼굴이 부은 거냐?"

"살찐 거요."

할 말이 없다.

강찬은 수원으로 가는 길에 김형정과 나눈 이야기를 전했고, 뒤편에 있는 발신기에서 2개를 고르라고 알려 주었다.

"수신기는 나랑 네 전화기에 깔 거니까, 안식구랑 딸에게 항상 소지하고 다니라고 해. 우리 지난번처럼 멍청하게 당하지는 말자."

"아예 나서기로 작정한 거요?"

"빠질 방법이 없잖아? 죽은 대원들 인수를 거절하기도 그렇고. 바실리가 원하는 게 뭔지는 모르지만, 그 전에 우리도 하나씩 준비해 두는 게 좋아."

말을 마친 강찬이 석강호를 힐끔 보았다.

"너도 이런 일 계속하고 싶다면서?"

"푸흐흐, 역시 날 생각해 주는 사람은 대장밖에 없소."

석강호가 특유의 웃음을 쏟아 내며 만족감을 표시했다.

"잘 생각해. 아차 하는 순간에 한칼에 간다. 정보전은 우리가 아는 전투와는 확실히 다른 거니까 풀어지는 일 없도록 하고."

"알았소. 우리 잘 먹고 기운차게 싸웁시다."

석강호가 지정한 식당은 민속촌 앞쪽의 구 도로에 있었다. 규모가 엄청났는데 그만큼 손님도 많았다.

석강호가 추천한 음식은 다 맛있다.

강찬은 강대경, 유혜숙과 함께 이곳에 들러야겠다고 생각했다.

"내일 학교에 갈 거요?"

"응. 집에서 알고 계셔서 꼼짝 못하게 생겼다."

강찬이 검지로 눈썹 끝을 긁으며 답을 했다. 숯불을 피웠더니 온몸에 고기 냄새가 다 밴 느낌이었다.

"이대로 차나 한잔하고 갑시다."

"그러자."

굳이 거절할 이유가 없어서 강찬은 석강호와 함께 커피를 마시고 올라왔다.

⚜️   ⚜️   ⚜️

화요일 저녁에 라노크에게 답을 주었다.

수요일에 학교에 갔다가 대사관에 들르기로 해서 통화가 길지는 않았다.

염병!

학교를 가려면 교복을 입어야 하는 거다.

양복을 싸 들고 갈 것이 아니라면 할 수 없이 집에 들러서 옷을 갈아입는 불편함이 남는다.

강찬은 오전 10시경에 학교에 들렀다.

교문은 경비실 앞의 작은 문만 열어 두었는데, 운동장에서 1학년 아이들이 공을 가지고 놀고 있었다.

강찬이 들어서자 알아본 놈들이 시키지도 않는데 알아서 고개를 숙였다. 부러움과 존경, 그리고 아직 남은 약간의 공포가 뒤엉킨 얼굴이었는데 강찬은 모른 척하고 우선 운동부로 들어섰다.

덜컹.

문을 열자 가장 먼저 강찬을 덮친 것은 땀 냄새였다.

청소한 흔적이 역력했으니 망정이지, 그렇지 않았다면 당장 기구를 빼 버렸을 거다.

강찬은 잠시 안을 둘러보고 곧바로 교무실로 향했다.

문을 열고 안으로 들어서자 가뜩이나 조용하던 교무실

에 침묵이 급하게 내려앉았고, 잠시 후에 소란이 있었다.
선생들이 다가와 악수를 했고, 심지어 사진을 같이 찍는다.
오냐! 방송만 안 한다면 그깟 사진 몇 장이 대수겠냐?
강찬이 전에 없이 팬서비스를 발휘하고 있는 사이, 개학식 진행을 맡았던 선생이 급하게 다가왔다.
"왔나?"
"예."
"교장 선생님께서 기다리시니까 우선 그리로 가지."
강찬은 잠자코 교장실로 향했다.
차를 마시며 10분쯤 모교 발전을 위해 힘써 달라는 당부를 들었고, 수업 중이라 방송은 하지 않기로 했는데 역시 기념사진을 5장쯤 찍었다.
교장실에서 특례 입학 자격증을 받아 나오는 데까지 꼭 20분이 걸렸다.
걱정했던 것보다 빨리 끝났다.
시간이 어중간했다.
쉬는 시간까지 기다렸다가 교실에 한번 들렀다 갈까?
괜히 공부하는 데 방해되고 싶지는 않아서 강찬은 고개를 저었다.
이거 봐라?
픽 하고 웃음도 나왔다.

교실에 가고 싶은 이유가 결국 김미영이 보고 싶은 거란 생각 때문이었다.

'아서라. 비겁하게 굴지 말고 가자.'

강찬은 운동부 의자에 앉아 있다가 몸을 일으켰다.

이제 나가면 특별한 일이 없는 한 졸업 때나 올 학교다.

짧은 기간 동안 정말 많은 일이 있었다.

덜컹.

그때, 문이 열리고 운동복 차림의 이호준이 들어오다 멈칫했다.

"왔어?"

놈이 억지로 얼굴을 풀었다.

"뭐야? 수업 안 들어가?"

"학교에 얘기해서 체대 가 보려고 수업은 여기 운동부에서 대신하기로 했어. 나 말고, 허은실도 그렇게 해."

이 새끼들이 그렇다면 그런 거지, 그걸 일일이 따질 필요는 없는 일이다.

강찬은 얼른 집으로 갈 생각이었다.

몸을 일으키는데 문이 또 열리더니 이번에는 허은실이 들어섰다.

민낯이다.

"언제 왔어?"

"조금 전에."

"그렇지 않아도 연락하려고 했었어."

사고가 또 근처에 똬리를 튼다는 신호일 거다. 지난번에 옷 사고 아무 일 없었던 것, 외상값도 남았다.

"축제 생각해 봤어?"

수건을 머리에 두르는 허은실을 보며 강찬은 숨을 푹 내쉬었다.

당한 애는 병원에서 뼈마디가 부서져 고통받고 있는데 가해자는 축제 걱정을 하고 있다.

"허은실."

강찬의 음성이 달라지자 허은실이 빠르게 시선을 던졌다.

"너랑 호준이 너, 심수진이 알지?"

연놈이 얼굴을 마주했다가 강찬을 보았다.

"걔가 얼마 전에 건물에서 뛰어내렸다가 겨우 살았다. 너희 둘이 무지하게 괴롭혔다고 하더만. 대안 학교 갔는데 적응 못하고 집에서 정신과 치료받다가 일이 벌어진 거란다."

둘 다 심수진을 기억하는 얼굴이었다.

"너희는 축제에 나서지 마라. 전에도 얘기했듯이 용서는 나나 학교에서 하는 게 아니야. 당한 애들이 해 주는 거지."

"언제까지 그래야 돼?"

"전부 용서받을 때까지."

"찾을 수도 없어."

"이렇게 지내다가 소식 알게 되면 그때그때 찾아가서 사과해. 그럼 되잖아."

허은실의 고개가 뚝 떨어졌다. 저년이 먼저 시선을 떨어트리는 거 처음 봤다.

"축제에서 손 뗄게."

막상 대답을 듣고 나자 아무런 권한도 없는데 엉뚱한 요구를 한 느낌이었다.

하여간 이것들만 만나면 피곤해진다.

"알아서 해."

강찬이 몸을 일으킬 때였다.

"병원이 어디야?"

허은실의 질문이 걸음을 붙잡았다.

설마 하니 죽고 싶지 않은 다음에야 거기 가서 행패를 부리지는 않을 거고, 사과하는 건 나쁘지 않겠다.

"방지병원."

허은실의 숨소리를 들으며 강찬은 처음으로 저 짝다리 년이 잘되었으면 좋겠다는 생각을 했다.

가서 빌어라. 그리고 누군가 아프게 했던 사람들을 만날 때마다 용서를 구해라.

최소한 그 정도는 용기를 내서 달려들었으면 싶었다.

"수진이 먼저 할게. 대신 수진이가 사과 받아들이면 축제 도와줘."

축제에서 뒷돈이 생기는 것도 아닐 거고?

강찬은 피식 웃을 때, '딩동댕' 하며 수업 끝나는 종이 울렸다.

운동부실을 나와서 자연스럽게 3학년 교실로 향했다.

이제 2교시 수업이 끝난 것일 텐데 매점으로 달려가던 아이들이 강찬을 보고는 움찔거리며 걸음을 멈췄다.

전에는 무조건 시선을 피하던 아이들이다.

그런데 지금은 힐끔거리며 어떡해서든 말을 걸어 보고 싶은 눈치였다. 그러면서도 시선은 왼손을 감은 붕대에 가 있다.

에그, 귀여운 것들!

강찬은 곧바로 계단을 올라갔다.

소음이 삽시간에 가라앉았고, 그의 앞이 뻥 뚫리는 것은 전과 같았지만, 확실히 분위기는 달랐다.

"강찬이야!"

심지어 소곤거리는 목소리로 확인하는 여학생도 있었다.

3학년 2반.

쉬는 시간이라 그런지 뒷문은 열려 있었다.

강찬은 고개를 한쪽으로 기울이고 김미영을 보았다.

그의 주변으로 아이들이 몰려와서 신기한 눈으로 둥그렇게 강찬을 감쌌다.

교실의 소란이 줄어드는데도 김미영은 책에서 시선을 떼지 않았다.

"백설공주!"

화들짝.

김미영이 빠르게 얼굴을 돌렸을 때 강찬은 가슴이 철렁 내려앉았다. 얼굴이 반쪽이 되었다는 말을 지금처럼 확실하게 느껴 본 적은 없다.

김미영이 엉거주춤하게 책상과 의자에서 몸을 빼 강찬에게 달려왔다.

"얼굴이 이게 뭐야?"

"합격증 받으러 온 거야?"

"다른 소리 하지 말고. 어디 아프냐?"

김미영이 배시시 웃었다.

이렇게 웃으니까 전에 '흐흐흐.' 하는 웃음이 그리웠다.

"나, 수시로 서울대 넣을 거야. 그래서 꼭 같이 학교 다닐 거야."

"너, 프랑스어 공부 아직도 하지?"

"응!"

"으이그!"

강찬이 김미영의 머리를 흐트러트리자 주변에서 몇몇 여자아이들이 '꺅' 하며 입을 가렸다.

불쑥 컸다. 젖살이 완전히 없어져서 이젠 정말 숙녀 티가 날 정도였다.

"나는 이렇게 마른 거 싫다고 했지?"

"시험 끝나면 맛있는 거 많이 사 줘."

강찬은 조만간 김미영을 좀 쉬게 해 줘야겠다고 생각했다.

학교만 아니라면 등이라도 다독여 주고 갈 텐데.

딩동댕.

수업 시작을 알리는 종이다.

잡았던 손을 못 놓는 것처럼 김미영의 시선이 강찬에게서 떨어질 줄 몰랐다.

이럴 거면서, 이런데도 같이 학교 다니겠다는 일념으로 얼굴이 반쪽이 되도록 공부한 거다.

"갈게. 시간 봐서 괜찮을 때 문자 해. 알았지?"

"응!"

그래도 김미영 특유의 대답을 들으니 마음이 편해졌다.

강찬은 고개를 끄덕여 주고 걸음을 돌렸다.

⚜   ⚜   ⚜

집에 돌아와 식탁에 서울대학교 특례 입학 자격증을 놓아 둔 강찬은, 간단하게 스크램블을 하나 해 먹었고, 옷을 갈아입었다.

본격적인 시작이다.

김형정에게서 받은 넥타이핀과 압정 형태의 발신기를 하

나씩 챙겨 아파트를 나섰다.

택시를 타고 바로 대사관에 도착했는데 역시나 요원이 기다리고 있다가 곧바로 안내했다.

"강찬 씨!"

라노크는 여전히 변함없는 얼굴이다.

하지만 강찬은 그 표정에 담긴 미세한 변화를 조금씩 알 것 같았다.

늘 앉던 탁자에 마주 앉았고, 차가 준비되었다.

"금요일 오후 6시 도착입니다. 공항에서 바로 교환해서 바실리가 타고 온 비행기가 곧바로 일본으로 향할 수 있게 해 달랍니다."

"그렇게 전하겠습니다."

특별하게 반대할 이유는 없어 보였다.

"바실리가 저녁을 같이 먹고 싶다더군요. 그 친구와의 저녁이 내키지는 않지만, 무슨 말을 하려는지 들어 볼 필요는 있으니 그 점도 고려해 두었으면 싶습니다."

"그러죠."

답을 한 강찬은 재킷 안주머니에서 넥타이핀과 압정 형태의 발신기를 꺼내 탁자에 올려놓았다.

"발신기군요?"

젠장. 모를 거라 기대하지는 않았지만, 너무 쉽게 맞혀 버리니까 맥이 쭉 빠졌다.

"대사님, 둘 중에 하나를 지니고 계시면 제 전화기로 대사님의 위치를 알 수 있습니다."

라노크가 나직하게 가라앉은 시선으로 강찬을 보았다.

"대사님께서 말씀하시는 친구란 개념이 어떤 것인지 잘 모릅니다. 하지만 대사님을 지키지 못하면 제가 어떤 행동을 할지 잘 모르겠습니다. 적어도 제게 소중한 사람들을 지켜 낼 수 있다는 확신이 들어야 무슨 일이든 할 수 있을 것 같습니다."

라노크가 입을 천천히 늘리며 미소 지었다.

"정보국 사람들에게 위치를 파악 당하는 것만큼 위험한 일도 없습니다."

그런가?

강찬은 라노크의 말을 듣자 충분히 그럴 만하다는 생각을 했다.

"지난번처럼 감이 안 좋은 겁니까?"

"아직 그 정도는 아닙니다. 다만, 이상하게 이런 식으로라도 준비를 해 둬야 할 것 같아서 그렇습니다."

라노크는 고민하는 눈빛을 감추려는 것처럼 차를 한 모금 마셨다.

달칵.

그는 찻잔을 받침 위에 올려놓은 다음, 엄지와 검지를 비비며 시선을 들었다.

"정보총국에서 사용하는 수신기를 강찬 씨의 전화기로 보내겠습니다. 대신 제가 발신을 차단할 수는 있습니다. 그리고 위급한 상황이 생겨서 도움을 청하게 된다면 바로 연락을 할 수도 있습니다."

강찬이 준비했던 것보다 월등히 효과가 뛰어난 발신기다. 거절할 이유가 없다.

"감사합니다, 대사님."

"고맙다는 인사는 내가 해야지요. 그런데 이번에 바실리가 강찬 씨를 굳이 만나겠다고 하는 데는 분명 이유가 있을 겁니다."

"대사님께선 짐작하고 계신 것 같은데요?"

라노크가 짧게 고개를 끄덕였다.

"지금 여러 가지 정보들이 뒤엉켜서 돌아다니고 있습니다. 문제는 그 한중간에 강찬 씨의 이름이 계속 거론된다는 점입니다. 미국은 조직 검사의 결과를 가지고 강찬 씨를 찾아냈고, 본국이야 강찬 씨를 귀화시키려고까지 나선 데다 바실리가 직접 움직일 정도입니다. 하지만 정확하게 왜 그런지는 아직 밝혀지지 않았습니다."

강찬이 나직하게 한숨을 내쉴 때였다.

"들어오는 정보 중에는 터무니없는 것들도 있어서 이번에 바실리가 들어오는 데 나 역시 기대를 많이 하고 있습니다."

"자비에는 아직 한국에 있나요?"
"그렇습니다. 그 친구는 원래 허상수에게서 군사정보를 받아 갈 목적이었는데 이제는 강찬 씨에 관한 일을 보고 있는 게 아닌가 짐작만 하고 있습니다."
"조금은 웃기는데요?"
"정보전이란 이렇죠. 이러다가 실제로 원하는 것이 무엇인지를 알게 되면 그 순간, 숱한 생명이 죽어 나갑니다. 정보에 담긴 이익이 크면 클수록 희생 또한 크지요."

그거야 굳이 정보전이 아니라도 그렇다.

아프리카의 내전에 참여해서 죽어 가는 수많은 용병 역시 결국 이익을 위해 희생되는 것이니까.

"이틀 남았습니다. 바실리가 오면 이유를 알게 되겠죠."
"그러네요."
"금요일에 공항에 바로 올 생각입니까?"
"낮에 전화를 드리겠습니다."

라노크가 웃는 것으로 바실리를 맞이할 이야기는 대강 끝났다.

"강찬 씨, 한국 정부에서 유라시아 철도 담당으로 임명하면 거부하지 마세요."
"대사님이 추천해 주실 거라던데요?"
"한국 정보원에서 부탁이 있었습니다."

라노크가 주전자를 들어 차를 더 따랐다.

"나야 당연히 그러겠다고 대답했습니다."

이젠 정말 결정을 해야 할 시간이다.

강찬은 라노크를 똑바로 보았다.

"대사님, 제가 정말 그 일을 잘할 수 있을까요?"

"강찬 씨라면 누구보다 잘할 겁니다."

"그렇게 되면 프랑스로 귀화는 영영 없는 일이 될 건데요?"

라노크가 재미있다는 얼굴로 웃었다.

"적어도 프랑스와 적이 되지는 않겠지요."

웃는 얼굴로 나온 말이다.

그런데 어쩐지 농담 같지는 않았다.

제4장

불곰의 방문

금요일 오후 4시에 인천공항에 도착한 강찬은 곧바로 2층 안쪽에 자리한 국가정보원 공항분실로 향했다.

인터폰을 누르자 신분증을 가슴에 단 여직원이 나와서 강찬을 안으로 안내했다. 완전히 밀폐된 공간들 사이로 복도가 있는 형태다. 어디가 어떤 업무를 하는지 외부인은 알기 어려운 구조였고, 그 흔한 목찰 하나 달려 있지 않았다.

똑똑똑. 달칵.

여직원이 가장 안쪽 방에서 노크를 하자 40대 중반의 남자가 강찬을 맞이했다.

"안으로 들어오시죠."

날카롭게 생긴 사내는 소파를 가리켰다.

"공항분실을 책임지고 있는 허창선입니다."

"강찬입니다."

소파의 테이블을 맞이한 상태에서 인사를 나눴고, 둘이 자리에 앉았다. 안내해 줬던 여직원이 커피 2잔과 물을 반쯤 채운 종이컵을 가져다주었다.

"김 팀장님이 꼭 재떨이를 준비해 드리라고 지시했습니다."

"담배를 안 피우시나요?"

"덕분에 사무실에선 처음 피워 봅니다."

주머니에서 담배를 꺼내 권하는데 표정은 여전히 뾰족했다. 강찬이 담배를 받자 허창선이 불을 붙여 주었다.

"준비는 모두 끝났습니다. 4시 40분에 라노크 대사가 도착하면 바로 VIP실로 자리를 옮길 예정입니다. 비행기 도착 예정 시간은 강찬 씨가 도착하기 직전에 확인했습니다."

보고에 가까운 대화다. 공항을 책임지고 있다는 자부심은 보였지만, 친근함이 느껴지지는 않았다.

어색한 침묵이 두 사람 사이에 흘렀다.

강찬은 반쯤 피우던 담배를 종이컵에 넣었다.

"현장을 둘러볼 수 있나요?"

"지금 말씀입니까?"

"예."

굳이 입을 열지 않아도 알 수 있는 것들이 있다.

현장을 확인하는 것은 당연한 일이다. 허창선의 껄끄러운 태도를 보며 강찬은 빨리 사무실을 나서고 싶었다.
"거리가 꽤 됩니다."
 강찬은 시선만 들어 허창선을 보았다.
"실장님."
"말씀하십시오."
"현장을 보고 싶습니다."
 이 사람이 왜 이러는 거지?
 허창선은 강찬의 요구가 불만스러운 표정이었다.
 공항을 책임진다는 자부심 넘치는 놈이, 낙하산을 타고 온 듯한 고등학생을 상대하자니 갑갑해서 그런가?
 강찬은 프랑스와 러시아의 대가리급들이 모이는 자리에서 한국 정보원과 투닥거리는 모습은 보이고 싶지 않았다. 그러려면 성질이 터지기 전에 빨리 밖으로 나가는 것이 좋다.
 허창선이 자리에서 일어나 책상에 올려 두었던 출입증을 강찬에게 건네주었다.
 검은색으로 숫자 '0'이 쓰인 것이 전부다.
"이걸 가슴에 다십시오."
 강찬은 집게를 이용해 신분증을 왼쪽 가슴에 달았다.
'병신.'
 허창선을 따라 공항분실을 나서며, 강찬은 속으로 고개

를 저었다.

어디나 그렇다.

김형정같이 목숨을 걸고 임무를 수행하면서 겸손한 사람이 있는 반면에 권위에 절어 모가지가 늘 빳빳한 새끼들.

저런 개새끼는 절대로 제 목숨이 헛되이 사라질 수 있는 몽골 작전 같은 곳에는 못 간다. 그러면서 그들의 숭고한 죽음을 받아들이는 일에 앞서지 못해 속이 상한 꼴이다.

바실리와 라노크라는 거물이 등장하는 이런 순간에 주인공이 되고 싶다?

웃기는 소리다. 그들이 비밀리에 강찬과 만나겠다는 말을 하지 않았다면 허창선보다 월등히 높은 직급의 국가정보원 간부들이 달려왔을 거다.

엘리베이터로 입국장으로 향한 허창선은 곧바로 활주로로 나갔다. 중간마다 경례를 붙이는 직원들이 있는데 고개를 끄덕이는 동작에서도 거만함이 느껴졌다.

어쩌면 생각이 그래서 그렇게 보이는지도 모른다.

활주로에 나가자 비행기들과 각종 장비들이 내뿜는 소리가 훅 하고 달려왔다.

"타시죠!"

허창선은 대기하고 있던 위가 뻥 뚫린 산업용 지프를 가리키고는 냉큼 조수석에 올라탔다.

뭔 말이 필요하겠나? 이럴 땐 그냥 조용히 타 주면 된다.

지프는 활주로에 그려진 선을 따라 공항을 바라보고 오른쪽으로 돌았다. 탑승객들의 시선을 완전히 피해 돌아가자 조립식 벽으로 양쪽 면을 막아 놓은 주변을 35여단 대원들이 지키고 있었다.

지프는 10미터쯤 거리를 두고 내렸다.

"여깁니다!"

강찬은 몸을 일으켜 지프에서 내렸다.

조수석으로 두 걸음을 옮기자 허창선이 바로 앞에 있었다.

"여기 있을 테니까 라노크 대사가 오거든 이리로 모시고 와 주세요."

"예?"

"VIP실에 안 갈 거니까 대사님을 이리 좀 모셔 달라고요."

허창선이 강찬을 날카롭게 보았다. 계획이 틀어지는 것이 언짢은 얼굴이었다.

강찬은 몸을 돌리고 담배를 꺼내 입에 물었다.

"활주로에선 금연입니다."

찰칵. 찰칵.

"후우."

오늘 저 새끼한테 라노크를 소개해 주려고 여기 온 건 아니다. 고분고분 말을 들으려고 온 건 더더욱 아니고.

강찬은 곧바로 조립식 벽이 세워진 곳으로 걸음을 옮겼다.

불곰의 방문

35여단이 작은 부대는 아니지만, 이런 업무에 선발될 특수팀은 빤하다.

그들은 강찬을 아는 눈치였다. 인솔자인 듯한 대원이 짧게 경례를 보였다.

강찬이 목례로 답을 하고 그의 곁에 서는 순간이었다.

부우웅.

지프가 그의 옆에 멈춰 섰다.

"강찬 씨, 라노크 대사와의 친분은 알고 있습니다. 하지만 장소에 따라 최소한 지켜야 하는 예의가 있는 법입니다."

이 새끼하고는 뭐가 이렇게 안 맞지?

"공항에 온 프랑스 대사를 바로 활주로로 안내하는 것은 예의에 어긋나는 일입니다."

피식.

강찬의 웃음을 본 허창선이 이를 꽉 깨물었다.

잊고 있었다. 김태진, 김형정, 그리고 그렇게 해서 알게 된 고건우, 최종일에 이어 전대극까지.

대한민국을 발전시키겠다고 목을 내건 사람들만 만나는 바람에 이런 놈들이 있다는 것을 깜박 잊고 있었던 거 맞다. 권위와 겉치장에 정신 돌아간 놈들이 싫어서 이런 일을 하지 않으려고 했었는데도 말이다.

군대도 마찬가지다.

전장에서 피 흘려 가며 싸우는 지휘관이 한 명이라면 고급 군복에 멋진 지휘봉 들고 여기저기 지도나 찍어 대다 으스대는 놈들은 백이 넘었다.

강찬은 숨을 커다랗게 들이마셨다.

이런다고 공항에서 사고 치는 건 정말 낯부끄러운 짓이다.

구렁이 같은 라노크와 독사 같은 바실리가 이런 눈치를 모를까? 오랜 시간을 기다렸다가 돌아오는 요원들을 위해서라도 이를 악물어야 할 때였다.

그렇다고 이런 꼴을 계속 보이면 정말 라노크나 바실리 앞에서 개망신을 당한다. 이 병신은 분명 국가정보원 공항분실장이라고 깝죽댈 게 분명했다.

강찬은 전화기를 꺼냈다.

4시 30분. 라노크가 도착할 시간이기도 했다.

강찬이 통화 버튼을 누르고 귀에 전화기를 대자 허창선이 고개를 삐딱하게 튼 채로 지켜보았다.

[강찬 씨, 무슨 일입니까?]

김형정이 다급하게 전화를 받았다.

"팀장님, 부탁이 있어서 전화했습니다."

35여단의 지휘자가 지켜보는 앞이다.

"공항분실장님하고 불편합니다. 조치해 주시지 않으면 시신 인도하는 일에서 전 빠지고 저녁을 먹는 자리로 바로 움직이겠습니다."

불곰의 방문

허창선의 표정에 '뭣이!' 하는 글씨가 떠오르는 것 같았다.

[강찬 씨가 오늘 현장의 총책임자입니다. 바로 조치하겠습니다.]

"전 활주로에 나와 있으니까 공항분실에 연락하셔서 라노크를 이리로 바로 안내해 달라고 해 주세요."

[알겠습니다. 공항분실장 혹시 옆에 있습니까?]

김형정이 인내하는 것처럼 숨을 나직하게 내쉬면서 던진 질문이었다.

"예. 저보고 바꿔 달란 말 마세요."

[강찬 씨가 그런 말씀을 하실 정도였군요. 알겠습니다. 우선 공항분실에 연락하겠습니다.]

통화를 끝낸 순간에 곧바로 벨이 울렸다.

"대사님."

[강찬 씨, 5분 후 도착입니다.]

"저는 활주로에 나와 있습니다. 이곳으로 바로 안내해 달라고 부탁해 놨습니다. 담배 피우기가 이곳이 좋아서요."

강찬이 불어로 대화를 시작하자 허창선이 눈치를 살폈다.

[강찬 씨답군요. 알겠습니다. 잠시 후에 뵙죠.]

전화를 끊은 강찬은 담배를 꺼내 입에 물고 불을 붙였다.

일을 하든, 작전을 벌이든, 성격대로 못하면 병이 나는 거다. 성질이 지랄 같아서? 그런 면도 있겠다.

하지만 아프리카에서 일에 실패하는 것의 의미는 곧 죽음이다.

지금은? 유라시아 철도가 통째로 날아갈 수도 있는 거다.

오늘 오는 요원들, 그날 발표회장에서 죽거나 다친 대원들, 양진우를 막기 위해 죽은 요원들의 모든 죽음을 대가로 만나는 오늘 같은 일에서 체면과 권위를 내세워?

공연히 바실리 앞에서 흉한 꼴을 보이느니 빨리 눈에서 치우는 게 좋다.

"네! 국장님!"

활주로를 보던 강찬이 시선을 돌린 곳에서 허창선이 전화기에 대고 다급하게 답을 하고 있었다.

"아닙니다! 그런 것이 아니라……."

상대방이 얼마나 세게 고함을 질렀는지 '개새…' 하는 말이 강찬에게도 똑똑히 들렸다.

"바로 찾아뵙겠습니다."

통화를 마친 허창선이 운전수에게 뭐라고 말을 하고는 강찬을 돌아보았다.

죽은 대원들을 맞이하는 자리에서 체면, 권위 따지고도 무사히 가는 거니까 저 새끼는 더럽게 운이 좋은 거다.

부우웅.

운 좋은 새끼가 그렇게 사라졌다.

35여단 지휘자가 입 끝으로 웃는 것이 보였다.

해 보려고 해도 잘 안 되는 것이 있다.

강찬이 인상을 찌푸리고 있자니 검은색 승용차와 군용 버스 6대가 활주로를 달려왔다.

활주로라고 아무렇게나 달릴 수 있는 게 아니다. 웃기게도 노란색, 파란색, 그리고 하얀색으로 도로를 그려 놓았고, 중간에 신호도 있다.

승용차에서는 라노크와 요원들이, 버스에서는 의장대대원들이 내렸다.

강찬은 승용차로 다가가 라노크를 맞았다.

"바실리도 5분 후에 도착한다더군요. 그동안 차나 한잔 할까요?"

"여기서요?"

라노크가 눈짓을 하자 루이가 보온병과 커다란 종이컵을 들고 나타났다.

"프랑스인에게 와인과 홍차는 공기와 같지요."

트렁크에 종이컵을 올려놓고 차를 따랐다. 시가를 꺼내 입에 문 라노크를 보며 강찬도 담배에 불을 붙였다.

"오늘 행사가 끝나면 정보총국에서 강찬 씨의 전화기로 수신 프로그램을 보낼 겁니다. 주의할 게 있습니다. 강찬 씨가 내 위치를 확인할 때마다 강찬 씨의 위치 또한 정보총국에 알려집니다."

"그렇군요."

공항 활주로에서 맡는 홍차의 냄새가 나쁘지 않았다.

"대사님, 정보국의 능력으로 한국은 어느 정도입니까?"

갑자기 궁금해서 던진 질문이었는데 라노크는 짐작했던 사람처럼 편안하게 입을 열었다.

"인적자원은 늘 인정받았습니다. 열정, 투지, 근성은 최고점인데 반대로 시스템이 늘 약점이 되었지요."

강찬이 차를 마시며 시선을 들자 라노크가 옅은 미소와 함께 다시 입을 열었다.

"정보전에 강세를 보이려면 오랜 시간을 투자해야 합니다. 정보원을 안정시켜야 하고, 그들이 배신하지 않게 관리해야 하는 데다, 첨단 장비를 계속 구매해야 합니다. 미안하게도 한국은 부정과 부패가 늘 요원들의 열정과 근성을 꺾곤 했습니다."

라노크가 미안해할 일은 아니다.

"그동안 한국은 능력보다 정권에 충성하는 요원들을 만들어 냈습니다. 게다가 국가정보원에서 사용하려던 위성을 뒷돈을 받는 조건으로 싼값에 팔아치우기도 했지요."

괜히 물어봤다는 생각이 들었다.

"그걸 요원들의 희생과 근성으로 버티는 형국이었습니다. 현재 한국 정보원의 능력은 전 세계에서 40위쯤 될 겁니다."

"별로라는 말이네요."

라노크가 고개를 갸웃해 보였다. 알아서 판단하라는 뜻이어서 강찬은 쓰게 웃었다.

차단막의 한쪽에서 의장대대원들이 도열을 마쳤고, 비행기 유도사와 화물을 나르는 장비들이 속속 도착했다.

시끄러워서 대화를 나누기도 어려웠다.

라노크의 시선을 따라 고개를 돌리자 중국항공사 표식을 탄 보잉737 기종이 유도차를 따라 다가오는 것이 보였다.

"중국과 협의가 끝났다는 뜻이겠군요."

"시신을 인수하려면 어차피 중국 측의 도움이 있어야 하지 않나요?"

"바실리는 러시아에서 비행기를 가져갔습니다. 그런데 중국 민항기를 끌고 왔다는 것은 중국 정보국에서 제공했다는 뜻입니다."

라노크가 피식 웃는 것은 처음 보았다.

"중국이 강찬 씨에게 호의를 보낼 일이 뭐가 있을까요?"

유도차가 차단막을 지나가자 유도사가 양손에 든 표식을 움직여 비행기를 인도했다.

엔진의 굉음이 차단막에 갇히는 순간이다.

유도사가 두 팔을 머리 위에서 겹치자 비행기가 움찔하며 멈춰 섰다.

장비들이 달려가고 마지막으로 계단이 연결되었다.

"가 볼까요?"

강찬은 라노크와 함께 계단 아래로 움직였다.

문이 열리고 검은 양복을 입은 바실리가 곧바로 내려왔다.

오늘은 눈빛 날카로운 놈들 천지다. 바실리뿐만 아니라, 뒤에 내리는 요원 세 놈도 평소에 연습하던 것처럼 눈빛이 더러웠다.

"라노크!"

바실리가 과장된 표현으로 라노크와 안은 다음, 볼에 키스했다.

불편했지만 이런 인사를 거부하기는 어렵다.

"강찬 씨!"

강찬은 바실리를 가볍게 안은 다음, 볼 근처에서 소리만 나는 키스를 나눴다.

날이 서 있는 느낌이었는데, 어쩌면 당연한 일인지 몰랐다.

인사를 마친 바실리가 라노크를 보았을 때였다.

"시신이 다 내려오면 움직이시죠. 대원들에 대한 최소한의 예우는 하고 싶습니다."

총책임자로 시신의 인수는 알아서 처리하게 두고 바실리를 챙기는 것이 걸맞은 일일 거다.

하지만 강찬은 당장 움직이고 싶지 않았다. 아프리카에서의 경험 때문인지 모른다.

뭐든 좋다.

이국땅에서 죽은 대원들의 귀환을 홀대할 수는 없는 거다.

대전의 묘지에 이미 묘비까지 서 있는 마당이다.

총에 맞은 상처를 보일 수도 있어서, 오늘 중으로 국군병원으로 옮겨져 신원을 확인한 후, 가족에게는 화장을 마친 다음 돌아간다.

첫 번째 관이 내려왔다.

양쪽에서 대기하고 있던 4명의 의장대대원이 절도 있게 태극기를 펼쳐 관 위에 덮었고, 정면에서 지켜 섰던 장교가 손바닥만 한 태극기 배지를 관의 머리에 대고 움켜쥔 손날로 내리쳤다.

쿠웅.

저런 죽음이 대한민국을 지킨 거다.

살아 있는 사람들끼리 치고받고, 때리고 맞으며 사는 이 나라를 실제로는 저런 죽음들이 지켜 내고 있는 거다.

관을 지켜보는 35여단 대원들의 눈빛 역시 비장했다.

어디선가 구슬픈 나팔 소리가 들리는 것 같았다.

<u>드르르륵.</u>

두 번째 관이 레일을 타고 내려왔다.

펄럭!

태극기가 펼쳐져서 관을 덮었고,

쿠웅.

손바닥만 한 배지가 관 위에 박혔다.

지켜봐 주는 것만 할 수 있지만, 꼭 지켜 주고 싶은 예의였다.

꼼짝도 않고 서 있는 강찬을 바실리가 신기하다는 눈빛으로 보았다.

"저 친구는 정말 독특하구만."

"괜찮다면 저쪽에서 차 한잔하지, 바실리."

바실리가 고개를 묘한 각도로 끄덕여서 두 사람이 승용차로 걸음을 옮겼다.

태극기에 싸인 대원들의 관이 모두 버스에 오른 다음이다.

일본 요원들의 관이 비행기에 실리는 사이, 35여단 지휘자와 의장대 장교가 강찬을 향해 경례했다.

두 사람과 차례로 눈을 마주친 강찬은 고개를 한 번 끄덕여 주고 몸을 돌렸다.

가림막을 벗어나자 라노크와 바실리가 승용차의 트렁크에 종이컵을 올려놓고 차를 마시고 있었다.

"끝났습니까?"

"예."

"저녁은 내가 예약한 곳으로 하지요."

라노크의 제안이다.

국가정보원 요원들이 10미터쯤 떨어진 곳에서 대기하고 있었다.

"내가 바실리와 움직이겠습니다."

"그러시죠. 바로 따라가겠습니다."

답을 한 강찬은 요원들이 가져온 차로 움직였다.

바실리와 라노크의 요원들에게 각각 승용차를 제공했고, 강찬은 별도로 국가정보원 요원들과 함께 차를 탔다.

처음 보는 요원들이었다.

인사나 할까 했는데 라노크는 뜻밖에도 공항에서 20분 거리에 있는 식당에 멈춰 섰다.

그것도 한우를 전문으로 한다는 곳이다.

식당 전체를 예약했던 것처럼 입구에 프랑스 요원이 서 있었고, 주차장에서 라노크의 보좌관이 기다리고 있었다.

바로 뒤를 따라가던 참이다.

강찬이 내리자 라노크는 곧바로 식당 안으로 들어섰다.

커다란 홀에 세 곳의 테이블이 각기 마련되었다.

한눈에 보기에도 프랑스, 러시아, 한국의 요원들이 식사할 자리이고, 안쪽에 따로 자리가 준비되었다.

"한국의 바비큐는 환상적이지."

한국 식당을 프랑스인이 소개하고, 러시아 놈과 한국 사람이 따라 들어가는 꼴이다.

바닥이 파인 방이다.

등받이가 있는 의자에 상을 중심으로 세모꼴로 앉았는데 강찬이 가운데였다.

 두툼한 등심을 기다리며 숯이 열기를 뿜어냈다.

 준비된 술은 소주와 맥주.

 "강찬 씨, 한국에 무서운 술이 있던데 만들 줄 압니까?"

 "폭탄주 말씀이시군요?"

 바실리가 픽 하고 웃는 것으로 봐서 이미 알고 있는 눈치였다.

 사양할 게 뭐 있겠나? 가뜩이나 돌아온 대원들 때문에 울적하던 참이다.

 강찬은 시원하게 소주와 맥주를 섞어서 한 잔씩 나눴다.

 말이 필요 없다.

 잔을 부딪친 후, 단숨에 들이켰다.

 직원이 나와서 고기를 구워 주는 동안, 폭탄주를 4잔씩 더 마셨다.

 젊은 직원이 조심스럽게 고기를 잘라 주었고, 식사가 시작되었다.

 "정말 환상적인 맛이군."

 바실리가 뱉은 감탄사였다.

 40분가량 식사가 진행되었지만, 감탄사 외에 대화는 별로 없었다.

 프랑스 요원 셋, 러시아 요원 셋, 한국 요원 셋.

홀에 있는 요원들도 마찬가지여서 식당 바닥에 묘한 긴장감이 깔린 느낌이었다.

젓가락을 내려놓자 커피와 재떨이가 나왔다.

뭐랄 사람도 없어서 강찬과 바실리는 담배를 꺼냈고, 라노크는 시가를 받아 불을 붙였다.

"이쯤이면 왜 강찬 씨를 보자고 했는지 설명할 때가 되었어, 바실리."

한눈에 보기에도 라노크와 바실리는 서로가 어려운 라이벌 느낌이었다.

"영국이 블랙헤드에서 없어진 2개의 에너지 중 하나를 한국에서 발견했어, 라노크."

바실리가 담배 연기를 길게 뿜어내며 강찬을 보았다.

"공교롭게 미국이 발견한 시점과 비슷하지. 미국은 샘플턴 연구소고, 영국은 위성 감시망으로 유라시아 철도의 발표회장을 둘러보다가 신호를 감지했다더군."

이게 무슨 자다가 남의 옆구리를 긁는 소리인지.

블랙헤드에서 없어진 에너지? 샘플턴 연구소?

유헌우가 조직 검사를 맡긴 곳이 샘플턴 연구소고, 샤흐란이 팔아먹었다는 다이아몬드가 블랙헤드라서 알고 있던 사실은 맞다.

그런데 없어진 에너지 2개라니? 막말로 강찬은 훔친 적이 없는 거다.

강찬이 재떨이에 담배를 눌러 끌 때였다.

"바실리, 자네가 이렇게 나선 이유부터 설명해."

"그건 자네와 강찬이 내게 설명해야지!"

등심에 폭탄주까지 잘 처먹다가 분위기가 단숨에 바뀌었다.

바실리의 날카로운 눈매 앞에서, 라노크는 정말이지 감정이라곤 한 톨도 찾아볼 수 없을 만큼 완벽하게 만들어진 표정으로 맞서고 있었다.

"영국 정보국이 왜 세티늄과 데나다이트를 구입했는지, 얼마 전에 심해에서 일어난 지진 2개는 뭔지, 미국이 왜 핵미사일의 발사 준비를 마친 건지, 마지막으로."

바실리가 잡아먹을 것처럼 강찬을 노려보았다.

"왜 블랙헤드에서 없어진 에너지 하나를 강찬 씨가 가지고 있는 건지. 그걸 자네와 강찬이 내게 설명해야 돼."

라노크는 대꾸가 없었다.

"그렇지 않다면 본국과 중국도 핵미사일을 준비할 거다, 라노크. 오늘 나는 마지막 경고를 하러 온 거야. 지금 각국을 떠도는 정보 조각들을 잘못 맞추면 핵전쟁이 일어나. 진심으로 본국과 중국은 그걸 경고하는 거다."

일이 커지기만 하더니 이젠 핵전쟁이란다.

강찬이 내심 고개를 저을 때였다.

"강찬 씨."

이 새끼는 사람을 불러도 묘하게 비꼬는 것처럼 들린다.

바실리가 품에서 작은 명함을 하나 꺼내 주었다.

"라노크에게 의논하기 어렵거나 부탁하기 미안한 일이 있다면 이리로 전화하면 된다. 강찬 씨의 전화라면 24시간 받지."

강찬의 시선을 받은 바실리가 라노크를 보았다.

"정보는 구걸하는 게 아니란 건 안다. 하지만 이번에 프랑스가 잘못 판단하면 누구도 말리지 못하는 전쟁이 일어나. 어떻게, 왜 강찬 씨가 블랙헤드의 에너지를 가지고 있는지 모르겠지만, 그걸 국제사회와 협조해야 할 때가 온 거야. 이 점은 중국도 마찬가지다, 라노크."

바실리가 말을 마치고는 몸을 일으켰다.

하여간 제멋대로인 새끼다.

"나는 바로 공항으로 가겠다. 여기 이 구렁이 같은 친구가 그걸 짐작했으니까 이렇게 가까운 곳에 식당을 잡은 거겠지."

주차장으로 나온 뒤, 바실리와 러시아 요원 셋은 국가정보원 요원들과 함께 곧바로 출발했다.

뭐가 뭔지 모를 만큼 어수선한 오후고, 저녁이었다.

고작 이 몇 마디를 하려고 시체를 찾아 한국까지 왔다는 건가?

"정신이 하나도 없군요. 우리 둘이 느긋하게 차 한잔할까요?"

"그게 좋겠네요."

강찬이 눈짓을 하자 국가정보원 요원 둘이 움직였다.

테이블과 의자가 밖으로 나왔다.

고깃집이라 그런가. 숯과 장작이 담긴 사각형 페인트 통을 주인이 가져다주었다.

분위기는 죽인다.

일몰이나 일출 때 하늘에 퍼지는 붉은빛이 바다 근처일 경우 특히 붉은데, 지금이 꼭 그랬다.

장작에서 올라온 열기가 주변을 맴돌던 서늘한 기운을 멀리 밀쳐 냈다.

요원 한 명이 커피를 가져다줄 때 강찬은 주변을 둘러보았다. 어느 틈에 정장 차림의 요원들이 식당을 둘러싸고 있었다.

커피 냄새, 장작에서 올라온 불꽃, 열기, 그리고 붉은 하늘.

커피를 한 모금 마신 강찬은 느긋하게 의자에 기대 하늘을 구경했다.

핵전쟁?

2천3백억보다 더 실감 안 나는 말이다.

사람은 누구나 맡은바 임무가 있는 거다.

소총수, 저격수, 중화기, 무전병.

한 새끼가 다 할 수 있는 거라면 구대니, 소대니, 중대가 왜 필요하겠나?

막말로 대통령 문재현이 모든 걸 다 할 수는 없는 거고, 강대국이라고 전 세계의 모든 일을 혼자 다 해치울 수는 없는 일 아닌가.

강대국끼리 치고받을 때 대한민국은 부지런히 발전하면 된다.

핵미사일?

갖고 있지도 않은 것 때문에 강찬이 고민할 일은 전혀 없는 거다.

"강찬 씨."

라노크는 가면을 벗어 낸 얼굴로 강찬을 대했다.

"영국이 블랙헤드에 담긴 에너지를 이용해 지진을 만들어 내는 것 같습니다."

강찬은 그만 풀썩 웃고 말았다.

"죄송합니다, 대사님. 전 사실 전혀 믿기지가 않습니다."

"이해합니다. 정보총국에서도 확신을 못하고 있으니까요. 그런데 오늘 바실리의 행동을 보면서 답을 얻었습니다."

"정말 그런 기계가 있습니까?"

"본국은 지층충격기라고 부릅니다. 원래 블랙헤드에는 9개의 특이 에너지가 있는데 영국이 샤흐란을 통해 가져간 블랙헤드에서 2개의 에너지가 빠졌다는 정도까지만 알았습니다. 그중 하나가 강찬 씨일 거라고 예상하고 있지요."

"제가 다시 태어난 이유가 그것 때문일까요?"

"그건 모릅니다. 하지만 강찬 씨가 검사하기 위해 미국으로 보낸 조직과 위성에서 에너지가 나왔다고 하는 걸로 봐서는 강찬 씨의 몸에 그 에너지원이 담겨 있는 건 분명한 것 같습니다."

그렇다면 남은 하나는 석강호일 거다.

라노크도 어느 정도는 짐작하고 있을 텐데 더는 이야기를 발전시키지 않았다.

"영국이 대서양과 인도양에서 지진을 발생시킨 것이 그 실험이라는 정보가 있었습니다. 시간이 흐를수록 각국 정보국의 시선이 강찬 씨에게 쏠리게 될 겁니다."

"지진 실험에 성공했다면서요?"

"글쎄요?"

라노크가 고개를 저었다.

"완벽했다면 영국은 잃어버린 에너지에 관심이 없어야 맞지요. 미국의 반응도 그렇고. 분명 숨겨진 무언가가 있습니다. 그걸 찾아서 알아내야 바실리가 궁금해하는 퍼즐이 완성되는 거지요."

어렵게들 산다.

강찬은 장작에 올라온 불을 바라보다 시선을 들었다.

"그래서 대사님께서 저보고 프랑스로 귀화하라고 하셨던 건가요?"

"그 이유가 가장 큽니다."

성질 급한 사람은 절대로 라노크와 대화를 나누다 숨을 거둘 거다.

"너무 마음 쓰지 마세요. 그러나 주변은 살피는 것이 좋습니다."

"알겠습니다, 대사님."

그 뒤로 특별한 이야기는 없었다.

10분쯤 더 있다가 라노크가 먼저 출발했다.

강찬은 국가정보원에서 제공해 준 차를 타고 집으로 향했다.

금요일이어서 그런지 길이 제법 막혔다.

강찬은 김형정에게 먼저 전화를 걸었다.

[강찬 씨!]

"공항에서의 보고는 들으셨죠?"

[대원들 만나고 나왔습니다. 고맙습니다, 강찬 씨.]

김형정의 음성이 가라앉아 있었다.

"바실리는 먼저 공항으로 갔고, 라노크 대사와는 조금 전에 헤어졌습니다. 오늘은 좀 쉬고, 내일 전화드릴게요."

김형정이 육군병원에 있어서 만나기도 곤란했다.

통화를 끝낸 강찬은 석강호에게 전화를 걸었다.

[끝났소?]

"응. 저녁 먹었냐?"

[그럼요. 어디요?]

"지금 가는 길이거든. 운전할 수 있으면 미사리 가서 차나 한잔하고 오자."

[알았소. 지금 나가면 되겠소?]

"내가 집 앞에 가면 전화할게. 길이 좀 막힌다."

[그럽시다.]

집 앞에 거의 도착해서 전화를 걸었을 때 석강호는 이미 아파트 앞에 있었다.

바로 석강호 차에 올라탔다.

"고생했소."

차가 출발했다.

"블랙헤드에 에너지가 있었단다."

강찬은 오늘 있었던 이야기를 늘어놓았다.

"그러니까 우리 둘이 블랙헤드 에너지 때문에 다시 태어난 거다, 그런 거요?"

"그렇지."

미사리의 카페에 도착했다.

금요일 밤이다. 손님이 제법 있었고, 평소에 앉던 자리를 다른 손님들이 차지하고 있어서 그 뒤편의 파라솔에 앉았다.

커피를 시키고 담배를 물자 그나마 익숙한 일상으로 돌아온 느낌이었다.

"어쩔 생각인 거요?"

"그냥 멍한데?"

"하긴 우리한테 핵미사일이 있는 것도 아닌데 뭘 어쩌겠소?"

강찬이 힐끔 시선을 주었을 때, 석강호는 담배를 뽑아 들고 있었다.

"나는 아직 못 찾았다는 거네요?"

"라노크는 짐작하지 않겠냐?"

"그렇긴 하지만, 바실리란 놈은 나를 못 찾겠으니까, 겁줘서 나오게 하려고 대장을 오늘 본 거 아니겠소?"

그런가?

강찬은 감탄하는 심정으로 석강호를 보았다.

이 새끼는 나날이 발전한다.

"개새끼들, 핵무기도 끔찍한데 지진을 만들어 내다니. 그러다 땅덩이가 전부 가라앉으면 어쩌려고?"

"설마 제 놈들 죽을 짓이야 하겠냐?"

"그렇긴 하지만, 어디 땅덩이가 제 놈들 마음대로 되겠소? 아차 하는 순간에 죄 갈라져 버리면 그때 얼른 붙일 것도 아니잖소?"

"그렇긴 하다."

"에이, 일단 모른 척합시다."
강찬은 풀썩 웃음을 터트렸다.

⚜   ⚜   ⚜

집에 돌아온 시간은 대략 11시쯤이었는데 강대경과 유혜숙 모두 거실에 있었다.
"안 주무셨어요?"
서울대학교 입학 허가서를 본 탓이겠거니 싶었다.
"저녁은? 과일 좀 줄까?"
"예. 옷 갈아입고 나올게요."
편한 복장으로 거실에 나오자 유혜숙이 포도를 가져다 놓았다.
"오늘은 어땠니? 힘들진 않았어?"
"괜찮아요."
여기서 죽은 대원들의 시신 인수 총책임자로 바실리와 라노크를 만나고 왔다고 할 수는 없는 일이다.
유혜숙의 얼굴에 담긴 걱정을 보며 강찬은 억지로 밝은 표정을 지어 보였다.
"입학 증명서는 보셨죠?"
"응. 그런데 아들이 너무 힘든 건 아닌가 싶어서 마냥 기쁘지만은 않아."

"공부하는 애들 힘든 것도 절대 쉬운 게 아니더라구요."
"그래, 아들!"
유혜숙이 수다 떠는 것처럼 맞장구를 쳤다.
"그냥 그렇게 생각하세요."
"기특해, 우리 아들."
유혜숙을 달래 준 강찬이 포도를 집을 때였다.
"드라마 재미있더라. 아빠랑 엄마도 계속 본다. 병원에 왔던 연기자들 나와서 신기하기도 하고."
"아버지도 보셨어요?"
"아들이 대표로 있는 회사에서 제작한 드라마인데 아빠가 봐야지."
강대경이 재미있다고 할 정도면 드라마에 대한 걱정 하나는 덜어 낸 느낌이었다.
"그나저나 자동차 회사를 팔아야 할까 부다."
"왜요?"
그냥 하는 말이 아닌 것 같아서 강찬은 강대경의 안색을 살폈다.
"네가 TV에 나오고부터는 고객 중에 무언가 다른 걸 노리고 차를 주문하는 사람이 있구나. 이러다 네가 유라시아 철도와 관련해서 중요한 직책이라도 맡으면 청탁이 엄청날 것 같다. 지금도 그런 부탁이 자꾸 들어오고."
당장은 뾰족한 대책이 없는 일이다.

가능한 한 이런저런 일에서 손을 떼고 평범하게, 혹은 평범한 척하면서 살아가면 좋은데 그러기에도 시간이 제법 걸린다.

확 프랑스로 이민을 가 버려?

강찬은 고개를 저었다.

자신만 가면 강대경과 유혜숙은 매국노의 부모쯤 되고, 셋이서 가면 두 사람이 너무 외롭게 살아야 한다.

"힘드셔서 어떡해요?"

"사실 복에 겨워서 하는 소리지. 아빠 또래에서 아들 때문에 이런 고민하는 사람이 누가 있겠니? 대신 십몇 년 만에 연락해서 차를 사겠다는 사람들을 보면 걱정이 앞서는 건 사실이다. 벌써 청탁을 받은 것도 있고."

강찬은 그냥 웃어 줄 수밖에 없었다. 이런 일에는 답이 없기 때문이다.

"아빠가 알아서 잘할 테니까 너무 신경 쓰지 마."

"예."

그렇게 말을 마친 강찬은 방으로 들어왔다.

피곤했다. 그래서 침대에 길게 누웠다.

육체는 멀쩡하지만, 정신적으로 상처 입고, 피를 흘린 기분이었다.

하루쯤 라노크가 치르는 전쟁에 뛰어들었던 느낌?

꼭 그 정도였다.

'블랙헤드에서 에너지 2개가 사라졌다?'

타이밍은 죽인다. 조직 검사를 보낸 것까지 꼬인 거다.

강찬은 실없는 웃음을 웃었다.

정보전이라는 게 또 알고 보면 정말 별거 없다는 생각이 들었다.

뭔가 중심에 서게 됐지만, 주변을 제대로 모르는 답답함.

피식.

강찬은 고개를 저으며 잠을 청했다.

전쟁 아니라 세상없는 걸 앞두고서라도 잘 수 있을 때는 자 두는 게 좋다.

제5장

왜 그래?

토요일.

새벽같이 일어난 강찬은 아파트의 공원 앞에서 천천히 몸을 풀었다. 몸뚱이가 부상 흔적도 남았는데 좀 쉬자고 꼬드기는 것처럼 무거웠다.

왼손은 어제부터 붕대를 감지 않아서 홀가분한 상태다.

몸을 충분히 풀어 준 강찬은 평소처럼 달려 아파트를 빠져나왔다.

가을이다.

청명한 하늘과 차가운 공기가 정신을 맑게 해 주었다.

할 수 있는 것에 최선을 다한다.

알아듣지도 못할 사건들에 중심을 잃느니 최상의 컨디

션을 유지하며 똑바로 서 있는 것이 현명하다고 여겨졌다.

"후우. 후우."

숨이 가빠질수록 가슴속에 남아 있던 탁한 기운들이 빠져나가는 느낌이었다.

염병할, 블랙헤드.

그것 때문에 죽었는데 그것이 가진 에너지 때문에 살아난 거다.

아프리카에 계속 있었다면 어땠을까?

성격상 승진은 어려웠을 거고.

며칠 쉬었다고 숨이 쉽게 뚫리지 않았다.

강찬은 몽골에 함께 갔었던 병아리를 떠올렸다. 두건과 베레모를 가져간 놈.

제라르가 부상으로 빠졌을 텐데.

커피를 타 올 때 보여 줬던 눈빛으로 봐서 아프리카로 돌아간 다음에 지겹게 연습하고 연습했을 거다.

"헉헉. 헉헉."

어처구니없게도 신병 중에는 강찬의 태도나 자세를 흉내 내며 연습하는 놈들이 있었다.

산을 지나다 부스럭거리는 소리에 강찬이 총을 겨눴던 모습을 떠올리며, 제 주둥이로 '부스럭' 한 다음, '철컥' 소리가 나게 총을 겨누는 거다.

그 외에도 많다.

'피식' 웃는 것을 온종일 흉내 내는 놈, 소총을 겨눠 가며 달려가는 연습을 하는 놈까지.

만만하게 생각될지 모르지만, 소총을 겨누고 달리다가 엎어져서 다치는 놈이 꽤 많았다.

살아라.

베레모와 두건 뒤집어쓰고, 시간 날 때마다 대검 거꾸로 들고 나를 있는 대로 흉내 내서라도 살아라.

'나 잘했죠?'

그 멍청한 새끼처럼 죽지 말고, 살아라.

악착같이 나를 흉내 내던 제라르처럼 말이다.

벌써 아파트 앞이 보였다.

아프리카를 생각하다 보니 속도가 평소보다 빨랐다.

허리가 끊어질 것처럼 아팠으나 지금껏 끊어진 적은 없으니까!

강찬은 호흡만 셌다.

달린다! 달린다!

여기서 걸음을 멈추면 내가 인솔하는 대원의 죽음을 막지 못한다.

"허억! 허억! 허억! 허억!"

아파트에 들어선 강찬은 벤치 앞에서 무릎을 짚은 채 거친 숨을 내쉬었다.

 모처럼 달린 건데 정말 멍청하게 뛰었다.

 누군가 다가오는 기척에 강찬이 날카롭게 시선을 들었을 때였다.

"물 드십쇼."

 물병을 내민 손을 타고 시선을 들던 강찬은 풀썩 웃음을 터트렸다.

"벌써 퇴원했어?"

 최종일은 오른쪽 얼굴에 기다랗게 밴드를 붙였다.

"괜찮으시면 내일부터 같이 뛰어도 되겠습니까?"

"아후, 시원하다! 갑자기 왜?"

"부족한 게 뭔지 알았습니다."

"푸흐흐."

 강찬은 최종일을 보며 웃었다.

 이렇게 친해지면 이 새끼 죽지 않게 하려고 또 마음을 써야 한다. 그리고 표시 내지 못하지만, 이 새끼가 죽으면 언제 잊을 수 있을지 장담하지도 못한다.

'빌어먹을.'

 하필 물병을 건네주냐? 크기야 좀 작다마는.

"뛰고 싶으면 언제고 괜찮아."

"감사합니다."

 최종일의 태도가 조금은 변한 느낌이었다.

물을 마저 마신 강찬이 시선을 주었을 때였다.

"35여단의 동기 놈이 말씀 좀 전해 달라고 했습니다."

무슨 소리지?

"모든 대원들이 내려올 때까지 끝까지 지켜 주셨다고. 프랑스 대사와 러시아 정보 수장을 기다리게 하실 줄은 몰랐다고. 진심으로 감사드린다고 전해 달랍니다. 특수팀으로 그렇게 대우해 주시는 분이 계신 걸 알았으니 어떤 작전에서도 당당하게 죽을 수 있을 것 같다고……."

"개새끼!"

최종일이 전하던 감동이 한순간에 깨져 버린 느낌이었다.

"쓸데없는 소리 지껄일 시간 있으면 악착같이 훈련해서 반드시 살아올 각오나 세우라고 해."

강찬이 빈 물병의 뚜껑을 닫자 최종일이 손을 내밀었다.

"멋지게 죽는 놈은 필요 없어. 살아. 악착같이 살아서 다음 작전 때 내 앞에서 눈알을 부라리는 놈, 난 그런 대원이 좋아."

"알겠습니다."

"두범이랑 희승이는?"

"차에서 기다리고 있습니다."

강찬은 아파트 입구를 힐끔 둘러보았다.

"같이 점심이나 먹을래?"

"시간 되십니까?"

둘이서 비슷하게 웃었다.

⚜ ⚜ ⚜

아파트로 들어서자 유혜숙이 맞아 주었다.
"운동 다녀왔니?"
"예. 맛있는 냄새 나는데요?"
"김칫국 끓였어."
"씻고 나올게요."
이런 일상이 주는 행복을 맛본 것만으로도 다시 태어난 것에 충분히 감사한다.
샤워를 하고 나와 셋이 식탁에 앉았다.
"오늘 출근하세요?"
"쉬는 날이야. 왜?"
국을 한 수저 떠 넣으며 강대경은 궁금한 표정이었다.
"아버지와 어머니, 경호해 주시는 분들하고 다 같이 식사나 할까 하구요."
"그래도 되니?"
"어차피 다 아시는 거잖아요. 감출 것도 아닌데요, 뭘."
강대경이 유혜숙을 돌아보았는데 딱히 다른 생각이 있는 건 아닌 모양이었다.
아침을 먹고 나서 강찬은 넥타이핀과 압정 형태의 발신

기를 들고 나왔다.

"아버지, 이걸 하고 다니시면 어디 계시든 제가 바로 위치를 파악할 수 있어요. 이건 어머니 거. 백에 꽂으시면 돼요. 대신 뽑으면 발신 장치가 중단되니까 늘 들고 다니시는 거에 꽂아 주세요."

강대경과 유혜숙은 신기하기도 하고, 심란하기도 한 표정이었다.

"불편하실 줄은 아는데 사생활은 보장해 드릴게요."

"이 녀석이!"

강찬의 말에 강대경이 과장된 반응을 보였고, 적당한 웃음도 있었다.

"알았다. 아들이 지켜 준다는데 이 정도는 해야지. 스위치를 켜야 하거나 그런 건 아니고?"

"예, 아버지."

강대경이 이리저리 둘러본 다음에 입고 있는 셔츠에 넥타이핀을 걸었다.

"엄마는 손지갑에 꽂아 놓을게. 밖에 드는 건 아무래도 바뀌 들 때가 많거든. 그래도 돼? 아들?"

"그러세요. 죄송해요, 어머니."

"지켜 주려고 그런 거라면서."

유혜숙의 얼굴에 담긴 표정을 보며 강찬은 고마움을 표시했다.

최종일에게 전화를 걸어, 점심을 같이 먹을 수 있는 직원 전체를 불러 달라고 했는데 뜻밖에도 전원이 참석할 수 있다는 답을 들었다.

"뭐야? 토요일인데 데이트 같은 거 안 해?"

[유라시아 철도 발표회장, 양진우 사건, 이번에 시신 인수까지. 요원들과 국가정보원 특수팀에서 갓 오브 블랙필드 인기가 높습니다. 다들 자부심 가지고 일하고 있는데 점심 초대를 마다할 요원이 누가 있겠습니까?]

기분이 나쁘지는 않았다.

"알았어. 고기로 할래? 회로 할래?"

[고기 먹겠습니다.]

"그럼 너무 허름하지 않은 곳으로 예약하고, 편하게 입으라고 전해 줘. 토요일인데 정장 차림으로 모이는 건 좀 그렇잖아. 가뜩이나 눈빛들 살벌한데."

[알겠습니다.]

오후 1시로 시간을 정한 강찬은 강대경과 유혜숙에게도 시간을 알려 주었다.

"어떡하지? 아들? 엄마, 뭐 입지?"

강찬은 웃음이 나왔다.

"토요일이잖아요. 다들 편하게 입고 나오라고 했어요. 어머니가 제대로 입으시면 직원들이 불편해할 거예요."

"그래?"

유혜숙이 방으로 들어간 다음이다.

TV에서는 보도 프로그램에서 해 주는 뉴스가 진행되고 있었다.

"결심이 섰니?"

"뭐가요?"

"나랏일 하는 거."

"글쎄요. 아직도 잘 모르겠어요."

강찬은 솔직하게 털어놓았다.

"아버지나 어머니께 발신기 드려야 하고, 경호 요원들에, 아버지 사업을 저 때문에 그만두셔야 할지 모르는 데다……. 아버지, 제가 어떻게 할까요?"

강찬은 처음으로 강대경이 무언가를 결정해 주었으면 좋겠다는 생각을 했다. 살면서 누군가에게 이런 결정을 맡길 수 있다고 생각한 첫 순간이었다.

"아빠 사업을 어떻게 했으면 좋겠니?"

강찬은 물끄러미 강대경을 보았다.

당장 떠오른 정답은 '편한 대로 결정하시라.'는 거였다. 이런저런 고민하지 말고 정말 편한 대로.

강찬에게 들려주고 싶었던 강대경의 대답도 그런 게 맞을까?

미소 짓던 강대경은 갑자기 생각난 것이 있는 모양이었다.

"아! 궁금한 게 있는데, 네가 직원들에게 그렇게 반말해도 괜찮은 거니? 아빠가 보기에 나이도 많아 보이던데?"
"아! 그거요!"
솔직하게 말해서는 안 되는 일인 거다.
"제가 직급이 높아서 일부러 그렇게 연습하는 거예요. 프랑스 대사나 다른 나라 요원들 앞에서 제가 앞에 서니까 자꾸 익숙해지려구요."
"그런 게 필요하기도 하겠구나."
되지도 않는 핑계를 댄 건데 의외로 강대경은 고개를 끄덕이며 받아들였다.
"그래도 어른들께 너무 버릇없이 굴면 못쓴다."
"예, 아버지."
강대경의 조언을 진지하게 받았을 때였다.
웅웅웅. 웅웅웅. 웅웅웅.
전화가 울리는 소리가 들려서 강찬은 방으로 들어갔다.
"여보세요?"
[차니! 어디야?]
"집."
[점심 같이 먹을까? 조금 뒤에 집 앞에 갈 수 있어.]
"아버지, 어머니 모시고 직원들이랑 함께 먹기로 했는데?]
[나도 갈게.]

얘는 낯가림이란 게 없나?

"여쭤 보고 괜찮다고 하시면 그렇게 하겠는데, 직원들이 불편해하지 않을까?"

[식사할 때 미인이 함께 있으면 밥맛이 좋아져.]

"끊어 봐. 내가 여쭤 보고 전화해 줄게."

[곤란하면 점심 먹고 나서 차 한잔해.]

드라마도 시작했고, 굳이 거절할 일은 아니어서 강찬은 우선 전화를 끊었다.

강대경과 유혜숙은 반가워하는 눈치였다. 그것도 예상했던 것보다 훨씬 더.

최종일과 통화해서 물어본 다음, 미쉘에게 알려 주었다.

⚜   ⚜   ⚜

커다란 방에 칸막이를 따로 해 주었는데, 모인 인원은 거의 20명에 가까웠다.

"아버님! 어머님!"

"미쉘, 어서 와요!"

미쉘은 강찬보다 강대경과 유혜숙이 더 반가운 듯 달려들었다. 덕분에 직원들 앞에서 어색해하던 유혜숙이 한결 편안해진 얼굴을 했다.

모인 요원들에게 미쉘을 먼저 소개했고, 다음으로 최종

일과 우희승, 이두범을 강대경과 유혜숙에게 인사시켰다.

점심이나 먹자는 뜻이었는데 딱딱한 회사 회식 같은 분위기가 되었다.

강대경과 유혜숙이 중앙에 앉았고, 맞은편에 강찬과 미셸, 그리고 주변으로 최종일을 비롯한 직원들이 쭉 앉았다.

누군가 한마디 해야 할 분위기였다.

"고맙습니다. 앞으로도 아버지와 어머니, 잘 부탁합니다."

강찬은 주변을 쭉 둘러보았다.

얼굴을 제대로 얻어맞았던 여자 요원은 아직도 얇게 접힌 거즈를 콧등 위에 붙이고 있었다.

"괜찮아?"

"다 나았습니다."

강찬은 고개를 끄덕인 다음, 먹고 싶은 것을 물었다.

"그 전에 부탁이 있습니다."

코에 거즈를 붙인 여직원이 손을 들었다. 어색한 분위기여서 그런지 시선이 단박에 달려갔다.

"지난번 일 이후로 대표님과 이사장님이 저희를 불편하게 대하십니다. 좀 더 편하게 대해 주실 것을 부탁드립니다."

강찬이 웃는 낯으로 시선을 돌렸고, 모두의 시선이 유혜숙에게 향했다.

"그게, 나는 여러분이 우리 때문에 고생하는 게 미안해서, 우린 경호를 해 줄 만큼 중요한 사람도 아닌데."

유혜숙이 당황한 얼굴로 변명처럼 답을 꺼냈다.

이런 건 뭐라고 끼어들기가 참 어렵다.

"차민정!"

그런데 그때, 최종일이 단호한 음성으로 요원을 불렀다. 코를 다친 여자 요원의 이름이 차민정인 모양이다.

"너 606 출신이지?"

"그렇습니다."

"606 구호!"

"나는 조국의 부름을 받았다!"

코에 거즈를 붙인 여직원이 당차게 구호를 외쳤다.

"황석기!"

"예, 황석기."

영업사원으로 들어온 남자 요원이 큰 소리로 답을 했다.

"너는 특수대원 출신이지?"

"그렇습니다."

"우리의 구호!"

"나의 피로 국가를 지킬 수 있으면, 나는 행복하다!"

밥 먹기 전인데 이럴 필요가 있나?

최종일을 아는 터라 강찬은 잠자코 하는 양을 지켜보았다.

"저희는 이렇게 모였습니다."

최종일이 오른쪽 볼에 밴드를 붙인 채로 강대경과 유혜숙을 향해 입을 열었다.

"아드님 덕분에 들으신 구호대로 살 수 있습니다. 유라시아 철도를 연결하는 엄청난 임무의 가장 가까이에 있는 겁니다."

최종일이 좌우를 둘러본 다음 다시 시선을 가져왔다.

"아드님께서 두 분의 안위를 걱정하지 않고 유라시아 철도의 일을 마무리하게 하는 것. 그것은 저희에게 정말 영광스러운 임무입니다. 이름이 남지 않아도, 누가 알아주지 않아도 됩니다. 파 한 단, 라면 한 개를 사는 일도 저희에게 맡겨 주실 때, 저희는 보람을 느낍니다."

닭살이 돋는 것 같아서 고개를 돌렸던 강찬은 내심 한숨을 내쉬었다.

요원들의 얼굴에 자부심이 가득한 건 알겠는데, 미셸이 감동해서 눈이 붉어질 정도는 아닌 것 같았다.

"두 분께서 저희를 가족으로, 동생으로, 조카처럼 대해 주시면 됩니다. 쉽게 쓰십시오. 그래서 누군가 파고들 수 있는 빈틈이 없게 해 주십시오. 차민정이 편하게 대해 달라고 부탁드리는 것은 저희도 좀 더 편하게 두 분께 요구할 수 있기를 바라는 마음에서입니다."

제대로 먹혔구나.

강대경의 볼이 씰룩이고, 유혜숙의 눈가가 젖은 것을 보며 강찬은 최종일의 작전이 제대로 먹혀들었음을 알았다.

"여러분의 뜻을 잘 알았습니다. 원래 성격이 이래서 한 번에 되지 않겠지만, 앞으로 편하게 대하도록 노력하겠습니다."

짝짝짝짝짝짝짝짝.

누군가 박수를 치자 다른 요원들이 그 뒤를 따르는 바람에 제법 커다란 박수가 울려 나왔다.

"배고파. 뭐 먹을 거야?"

"저희는 갈비로 먹겠습니다."

"그럼 우선 갈비 시키고, 중간에 먹고 싶은 거 마음 놓고 시켜. 그럼 되지?"

"정말 마음껏 먹습니까?"

"계급장 떼고 먹자. 능력을 보여 줘 봐."

"알겠습니다."

누군가가 나가서 주문을 했고, 조금 있다가 엄청난 양의 고기가 들어왔다.

술은 맥주 몇 병이 전부였다.

방심하지 않겠다는 뜻이라, 술을 더 권하기는 어렵다.

한 사람당 꼭 한 잔씩 돌아갈 양이어서 잔을 다 채우자 술은 끝났다.

강찬의 잔은 강대경이 직접 따라 주었다. 아들을 대견하게 보는 아버지의 눈빛이다.

강대경과 유혜숙의 잔은 경쟁자가 많았다.

고기를 굽는 동안 가위바위보까지 해서 강대경은 영업사원 중 한 명이, 유혜숙은 미쉘이 채웠다. 물론 승부에서 이긴 또 다른 영업사원의 양보를 받아서였다.

"잘 부탁합니다."

강대경이 잔을 내밀었고,

"잘 먹겠습니다."

직원들이 대답했다.

강찬과 미쉘까지 몸을 돌려서 반 잔쯤 마신 다음 본격적으로 고기를 먹었다.

계급장을 떼라는데 눈치 볼 멍청이는 없어서 분위기는 정말 좋았다.

"아버님, 여기요."

미쉘이 잘 익은 고기를 작은 상추에 싸서 강대경에게 건네주었다.

위험한데?

없는 동안 찾아왔었나 싶을 정도로 강대경의 표정에 만족감이 담겨 있었다.

"어머님."

"음! 미쉘이 싸 주니까 더 맛있네."

미쉘은 확실히 이런 자리에 능숙했다.

굽기도 잘 굽고, 고기 모양도 예쁘게 자르고, 심지어 먹기도 잘 먹는다.

어느 틈에 머리를 뒤로 묶은 데다, 밑반찬으로 나온 게장을 불판에 구워 강대경과 유혜숙에게 건네주는 센스까지 발휘했다.

"미쉘, 드라마 재미있어요."

"어머님 친구 분 딸은 다음 주에 나와요."

한국말이다.

그런데 강대경과 유혜숙은 미쉘이 이렇게 빨리 한국어가 늘었다는 것을 의심조차 않고 받아들이는 분위기였다.

분위기 좋고, 고기 맛있고.

그런데 강찬은 전화기를 슬쩍 보았다.

왜 이렇게 찜찜하지?

"그래서 그 여자애는 어떻게 돼요?"

"그건 비밀이에요, 어머님."

"나한테도?"

시끌시끌한 분위기에서 한 걸음 밀려나는 느낌.

소란이 한 뭉치로 뭉뚱그려져 강찬에게서 멀어지는 느낌.

뭐지?

식당에서 폭탄이라도 터지나?

강찬은 천천히 주변을 둘러보았다.

날이 날카롭게 섰다.

젓가락에 들린 고기.

불판에서 올라오는 연기 자락.

웃음, 소곤대는 소리, 부르는 소리, 물 잔을 잡은 손가락까지 다 보였다.

"아들? 왜 그래?"

갑자기 모든 것이 확 강찬에게 달려들었다.

"배가 불러서요. 잠깐 바람 쐬고 더 먹을게요."

강찬은 최종일을 보았다.

눈빛으로 안다. 죽을 고비를 함께 넘기면 알게 되는 것들이 있다.

"어후! 저도 너무 먹나 봅니다. 잠깐 나갔다 오겠습니다."

강찬은 전화기를 들고 밖으로 나왔다.

토요일 점심이다. 식당 안에는 손님이 제법 있었다.

강찬은 빠르게 안을 훑고는 밖으로 나섰다.

"왜 그러십니까?"

정문의 바깥에 섰을 때, 강찬의 눈빛을 본 최종일 역시 날카롭게 주변을 살폈다.

"느낌이 지랄 같은데?"

강찬은 주변을 살핀 후, 최종일에게 시선을 주었다.

"총은 가지고 있지?"

"그날 습격 사건 이후로 경호 전 직원에게 무기 소지 허가가 떨어졌습니다."

강찬은 전화기를 들었다.

위치 추적 수신 어플 2개가 깔려 있어서 버튼만 누르면 위치를 알 수 있다.

"뭐지?"

이럴 때마다 전화하는 게 주변 사람들을 불안하게 하는 것 같아서 발신기까지 구한 건데, 염려되는 사람들의 숫자가 적지 않았다.

웅웅웅. 웅웅웅. 웅웅웅.

최종일이 강찬만큼이나 빠르게 전화기에 시선을 주었다.

"나다. 상황만 말해."

[강찬.]

스미든의 전화기에서 엉뚱한 놈의 목소리가 들렸다.

[짐작하고 있었나 보군?]

"주접떨지 말고 원하는 걸 말해."

[좋지.]

최종일이 빠르게 식당 안을 살폈다.

[이 친구 집이 전망이 아주 좋구먼. 혼자 와라. 알겠지? 서툰 짓 하면 나는 이 친구와 죽을 각오가 돼 있으니까 그걸로 끝내면 그만이야. 그럼 다음 친구가…….]

"개새끼, 말 더럽게 많네. 그러니까 나 혼자 오라는 거 아냐?"

강찬의 말에 상대가 움찔한 느낌이었다.

"토요일이라 아무리 서둘러도 2시간은 걸려."

[알았다.]

무언가 하고 싶은 말이 있는 걸 꿀꺽 삼키는 느낌이었다.

"젠장!"

최종일이 주변을 둘러보았다.

"공트 자동차 한국 지사장. 스미든이라고 알지?"

"압니다."

"그 새끼가 잡혀 있나 본데? 혼자 오란다."

"우선 자리를 끝내시는 게 좋겠습니다."

"어차피 끝날 시간이잖아. 나는 라노크 대사와 석강호를 챙겨 볼 테니까 김태진 대표와 김형정 팀장 챙겨 봐."

"알았습니다."

둘이 전화기를 들고 각각 통화를 했다.

라노크는 루이가 대신 받아서 내용을 전했고, 석강호는 바로 전화를 받았다.

"스미든이 잡혀 있다."

석강호의 거친 숨소리가 전화기를 타고 들렸다.

[어디요? 내가 바로 가겠소.]

"부모님 모시고 직원들하고 식사 중이거든. 30분 안쪽으로 끝나니까 전화하면 집 앞으로 나와. 몸은 어떠냐?"

[붕대 풀고 나가겠소.]

"알았다.

강찬이 통화를 끝냈을 때 최종일도 통화를 마친 상태였다.

"두 분 모두 무사하시답니다. 특수요원 대기시키신다고 연락해 달라십니다."

"일단 들어가자."

강찬은 손으로 눈을 눌렀다.

최종일과 안으로 들어가자 후식으로 나온 과일이 테이블에 가득했다.

요원 한 명이 뭐라고 대꾸하자 커다랗게 웃음이 터져 나왔다.

"속은 괜찮니?"

웃음을 담은 얼굴로 강대경이 던진 질문이었다.

"예. 이제 살 것 같아요."

"차니, 괜찮아?"

"응. 많이 먹었어?"

"그럼."

미쉘이 만족한 듯 배를 만져 보였다.

"일어나셔도 되세요?"

강찬이 강대경과 유혜숙에게 질문을 던진 순간이다.

강찬과 최종일의 눈빛을 읽었는지 요원들이 '잘 먹었습니다.' 하면서 바로 몸을 일으켰다.

계산은 강찬이 했다.

근무가 아닌 요원들이 먼저 출발했다.

"차니, 차 한 잔 할 수 있어?"

강대경과 유혜숙이 기다리는 앞이다.

"집에 가서 옷 갈아입고 가 봐야 할 곳이 있어. 미안해, 미쉘. 차는 다음에 마시자."

"알았어, 차니."

미쉘은 강찬의 눈빛과 표정이 다르다는 것을 바로 알아채고 더는 매달리지 않았다.

"왜? 차라도 한잔하고 가지."

"제가 가 봐야 할 곳이 생겨서요."

"저런!"

유혜숙이 더 안타까워했다.

"그러지 마시고 저랑 차 마셔요."

"그럴까? 여보. 우리 차 한 잔 마시고 들어가요."

강대경도 싫지 않은 표정이었다.

요원들이 지켜 줄 거다.

"그럼 저 먼저 집으로 갈게요. 모처럼 식사한 건데 죄송해요."

"아니다. 얼른 가 봐라."

"다녀와, 아들."

"차니, 나중에 통화해."

세 사람과 헤어진 강찬은 이두범이 가져온 차에 올라타고 서둘러 집으로 향했다.

"팀장님께서 전화 부탁하셨습니다."

움직이자 마음이 더 급해졌다. 전화기를 꺼내 들고 확인한 시간은 오후 3시였다.

강찬은 통화 버튼을 눌렀다.

[강찬 씨, 스미든 씨의 집 주변으로 특수팀 배치했습니다. 의심 가는 인물 파악해 봤는데 아직 나오는 정황은 없습니다. 스미든 씨가 사용하는 전화번호 내역에도 수상한 흔적은 없습니다.]

"집으로 가서 옷 갈아입고, 석강호와 출발할 겁니다. 입구에서 훤히 보이는데 어떻게 할까요? 혼자 와야 한다고 하고, 만약 조금이라도 수상한 흔적이 보이면 자폭하겠다는 투였습니다."

[이상한데요? 양진우가 처리되어서 당장 밀입국을 진행할 창구가 부족할 텐데. 강찬 씨를 제거하고 싶어 할 수 있습니다.]

"우선 정면 말고 침투할 루트가 있나 확인해 주세요. 스미든을 혼자 잡고 있지는 않을 거니까 옥상에서 경계를 하고 있을지도 모릅니다. 주변에 저격수 배치 부탁드리고요."

[알겠습니다.]

아파트 입구에 내린 강찬은 바로 올라가 옷을 갈아입었다. 양복에 셔츠 차림이었다.

현관을 나선 그는 계단을 달려 내려가며 통화 버튼을 눌렀다.

[아파트 입구요. 최종일이랑 같이 있소.]

"알았다."

현관을 뛰쳐나가자 바로 석강호가 보였다.

"나는 저 차로 갈 테니까 뒤에 따라와. 집은 알지?"

"알고 있습니다."

"아! 팀장님께 전화해서 권총 2자루와 대검 2자루만 부탁해."

"차에 가지고 있습니다."

강찬은 최종일에게 고맙다는 눈짓을 하고 바로 석강호와 함께 쉬프에 올랐다.

부우웅.

"납치한 놈들이 시간을 너무 주는 거 아니오?"

"그렇지?"

강찬도 의심스럽던 부분을 석강호 역시 짚었다.

"스미든을 납치한 이유가 대장 때문인 거잖소?"

"입구에서 보고 있다가 혼자가 아니라면 바로 자폭할 것처럼 지랄하던데?"

"그렇다면 대장이 들어가도 폭탄을 터트릴 수 있다는 거 아니오?"

강찬은 입을 모으고 앞을 노려보았다.

"담배 있냐?"

석강호가 바지 주머니에서 담배와 라이터를 꺼내려다 인상을 찌푸렸다. 상처가 울린 모양이었다.

웅웅웅. 웅웅웅. 웅웅웅.

담배를 입에 물었던 강찬이 석강호와 눈을 마주쳤다. 발신자 이름이 스미든이었다.

강찬은 전화기를 룸미러 앞에 두고 스피커 버튼을 눌렀다.

"여보세요?"

[도착 예정 시간을 말해.]

석강호가 검지를 세워서 강찬에게 보였다.

"1시간 안으로 도착한다. 요구 조건은?"

[강찬이 혼자 들어오는 것.]

"스미든을 바꿔."

대답이 없어서 눈을 번득하는 순간이었다.

[대장.]

지친 스미든의 음성이 들렸다. 병신처럼 겁이 묻은 목소리였다.

"스미든, 내가 갈 거다. 살아 있으면 됐다."

침 삼키는 소리가 들렸다.

"내가 누군지 잊지 마. 견뎌. 알았어?"

[그래요.]

강찬이 피식 웃을 때 전화기가 뚝 끊겼다.

담배 2개비에 불을 붙여서 석강호에게 하나 건네주었다.

"얼마나 걸리겠냐?"

"토요일이라, 아무리 그래도 30분이면 도착할 거요."

창문을 내리고 담배를 피우자 마음이 조금은 가라앉았다.

"대장, 들어가지 맙시다."

강찬은 창밖으로 담배 연기를 뿜어낸 뒤에 석강호를 보았다.

"폭탄이라도 설치했으면 어쩌려고 그래요?"

"스미든 새끼, 겁먹은 거 같지?"

운전석과 조수석 사이에 커피 잔이 있어서 강찬은 뚜껑을 열고 담뱃재를 털었다.

"그 새끼, 나한테 맞서서 눈 하나 잃고, 몸뚱이 제대로 못 쓰는 거다. 그 뒤로 강단 없어진 건 너도 알잖아."

"같이 들어갑시다."

"혼자 안 오면 폭탄 터트릴 것 같았다니까."

당장 뾰족한 대책이 없었다.

"개새끼! 어째 조마조마하더라니!"

석강호가 투덜거리는 소리를 들으며 강찬은 담배를 끄고 커피 잔의 뚜껑을 닫았다.

웅웅웅. 웅웅웅. 웅웅웅.

전화가 왔다.

"팀장님, 저희는 10분이면 도착합니다."

[강찬 씨, 한남대교 건너서 지난번에 밥 먹은 자리 근처에 검은 승합차 세워 놓았습니다. 상황 대기 중인데 옥상에 한 명이 지키고 있어서 저격수 배치가 쉽지 않습니다.]

"일단 승합차로 갈게요."

전화를 끊은 강찬은 통화 내용을 알려 주었다.

다행히 한남대교를 건너자 곧바로 신호를 받아서 늦지 않았다.

승합차 앞과 뒤로 승용차가 2대씩 서 있었다.

차를 세운 뒤, 강찬과 석강호가 다가가자 승합차 문이 열렸다.

"너도 들어와."

강찬은 최종일까지 불러서 승합차에 올랐다.

김형정은 커다란 상의를 어깨에 걸치고 있었는데 상체에 아직 붕대를 감고 있었다.

미안했지만, 당장은 스미든이 급해서 다른 말을 하기 어려웠다.

"범인의 윤곽을 전혀 모르겠습니다."

김형정의 곁에 있던 요원이 미리 사 놓았던 전문점 커피와 담배를 건네주었다.

"옥상에 적으로 보이는 한 명이 감시 중입니다. 건물 뒤편은 저격수가 잠입할 곳이 전혀 없고, 앞쪽에선 갑자기 비우거나 숨어들 만한 공간을 찾지 못했습니다. 주택인 데다 스미든 씨의 주택보다 높은 건물이 없어서 배치가 쉽지 않습니다."

"쯧!"

강찬은 고개를 갸웃했다.

스미든은 몇 번 만나지도 않았다. 뒷조사를 했다고 쳐도 납치할 계획을 세우기는 쉽지 않은 일이다.

"강찬 씨, 범인하고 통화가 됩니까?"

"예. 될 거 같아요."

"그럼 전화를 걸어서 안전을 확보하고 싶다고 하세요. 강하게 상대하십시오."

김형정이 눈짓을 하자 요원 하나가 코드를 강찬에게 건네주었다.

"그걸 전화기에 꽂고 거시면 됩니다."

전화기 충전 단자와 똑같이 생겨서 연결하는 데 어려울 것은 없었다.

강찬이 통화 버튼을 누르자 승합차 전체에 신호음이 울렸다.

김형정이 손가락을 빙빙 돌렸다.

달칵.

신호가 연결된 소리가 울렸는데 상대방이 침묵하고 있었다.

"강찬이다. 집 근처에 도착했다."

[들어와라.]

"내 안전은 어떻게 보장하지?"

[실망스럽군. 시간은 충분히 주었다. 앞으로 10분 안에 찾아오지 않는다면 스미든은 영원히 못 보는 것으로 알아라.]

통화가 끊겼다.

"스미든 집까지 얼마나 걸립니까?"

"5분이면 도착합니다."

강찬은 나직하게 숨을 내쉬었다.

"일단 출발하시죠."

김형정이 앞을 향해 '출발해.' 하고 말을 하자 승합차가 바로 움직였다.

"우선 이걸 소지하시고."

말린다고 들을 것 같지 않았는지 김형정은 의자 옆에서 총과 대검을 꺼내 강찬에게 건네주었다.

하지만 강찬이 권총을 집을 때 김형정은 결국 고개를 젓고 말았다.

"강찬 씨, 이대로 들어가면 안 됩니다."

문을 열고 들어갔는데 폭탄이 터지면 모든 게 끝나는 거다.

안다. 아는데 그렇게 하면 스미든이 죽는다.

한숨을 내쉰 김형정이 이를 악문 모습으로 말을 건넸다.

"전파 교란기를 쓸 수 있습니다. 반경 500미터 안쪽의 모든 리모컨, 무선 전화 등을 사용하지 못합니다."

별 신기한 게 다 있다.

"강찬 씨가 신호를 하면 전기를 차단하겠습니다. 그리고 바로 작전을 시작합니다."

"도착했습니다."

김형정의 말이 끝나는 순간에 앞에서 차가 멈춰 섰다.

"스미든 씨의 맞은편 집입니다. 신호하는 즉시 전기 차단, 그리고 바로 옥상에 있는 적을 사살할 겁니다. 이후에는 베란다로 대원 투입합니다."

김형정이 검은색 끈으로 된 시계를 건네주었다.

"이 시계를 통해서 대화 내용을 들을 겁니다. 상황이 이상하다 싶으면 전파 교란기를 사용할 거고, 그렇게 되면 우리도 안쪽의 상황을 듣지 못합니다."

"신호는 어떻게 하지요?"

"강찬 씨가 특정 단어를 지정해 주시면 됩니다."

당장 떠오르는 것이 없었다.

"무조건으로 합시다."

석강호가 툭 하고 뱉은 말에 강찬은 고개를 끄덕였다.

시선을 돌렸을 때 석강호는 눈을 번들거리고 있었다.

"다예, 내가 잘못되면 저 새끼들 싹 죽여주라."

"걱정 마쇼. 저 새끼들뿐만 아니라 부모, 자식, 아는 놈들, 하여간 저 개새끼들하고 연결된 놈들 깡그리 다 죽일 거요."

"간다."

"대장."

차의 문고리를 잡던 강찬이 시선만 주었다.

"사람 살인마 만들지 마쇼."

"알았다."

김형정과 최종일을 한 번씩 본 다음 차에서 내린 강찬은 곧바로 스미든의 집을 향해 걸었다.

골목을 나서자 전에 와 봤던 건물이 눈에 들어왔다.

베란다가 제법 멋있더니 이런 꼴을 당하니까 그게 오히려 방해가 된다.

골목은 짧았다.

날카롭게 시선을 들었을 때, 커튼 때문에 안쪽을 살피기는 어려웠다.

현관에 들어서서 계단을 올라갔다.

허리춤에 권총을 가졌지만, 들어가자마자 빼앗길 것이 분명했다.

문 앞이다.

강찬은 권총을 그대로 두고 발목에 걸었던 대검을 슬쩍 풀어 문과 벽 사이에 세워 두었다.

띵동.

벨을 누르자 걸쇠를 여는 소리가 들렸다.

띠루룩.

현관문이 열렸다.

안쪽에서 두건을 뒤집어쓴 사내가 고갯짓을 했다.

손에 들린 총을 보았고, 안으로 들어서자 두 놈이 더 있었다.

스미든은 식탁 앞의 의자에 묶여 있었다.

반항하다 얻어맞았는지 눈 끝과 주둥이, 그리고 입고 있는 하얀 셔츠가 피투성이였다.

강찬의 몸을 살핀 놈이 권총을 꺼내고는 의자를 가리켰다.

베란다 앞쪽이다.

신발을 신은 채로 걸어가 의자에 앉았다.

한 놈이 다가와 강찬의 오른쪽 귀 뒤에 권총을 댔다.

"담배 피워도 되나?"

대꾸는 없었지만, 강찬은 천천히 주머니에서 담배를 꺼내 입에 물었다.

한 새끼는 현관 앞, 다른 새끼는 스미든의 옆, 그리고 남은 새끼가 귀 뒤에 총구를 붙이고 있다.

찰칵.

강찬은 담배에 불을 붙였다.

전기가 꺼진다고 당장 실내에 달라진 것은 없어 보였다.

"스미든도 담배 하나 주자."

왜 대꾸가 없는 거지? 이 새끼들은 정말 함께 자폭하려고 들어온 놈들인가?

강찬은 거실을 살피는 척하면서 스미든과 눈을 마주쳤다.

그때, 스미든의 곁에 있던 놈이 재킷을 벌렸다.

"후우!"

강찬은 담배 연기를 뿜는 것처럼 한숨을 내쉬었다.

상체를 뺑 둘러서 손바닥만 한 C4를 두르고 있었다. 저게 터지면 거실에 있는 사람은 절대 살아남지 못한다.

"원하는 게 뭐야?"

철컥.

강찬의 귀 뒤에서 노리쇠 당기는 소리가 들렸다.

제6장

감춰진 것들

노리쇠 당기는 소리가 들린 순간이다.

강찬의 눈빛이 번득이면서, 모든 것이 천천히 흘러가기 시작했다.

후- 우- 욱. 후- 우- 욱.

숨소리마저 늘어진 느낌.

현관에 선 사내의 머리가 갸웃했고, C4를 두른 사내의 재킷이 제자리로 움직였으며, 귀 뒤에 닿은 총구가 살짝 떨어졌다가 닿았다.

사람이 시키는 대로 앉아 있으니까 만만해?

어디서 노리쇠를 당겨?

요원이나 특수부대 대원이라고?

그럼 이건 어쩔 건데?

강찬은 엄지와 중지로 담배를 잡고 불똥을 튕길 것처럼 팔꿈치를 구부렸다.

노리쇠를 당기면 병신아!

방아쇠를 걸었을 때 발사가 0.2초 빨라진다구!

담배가 강찬의 오른쪽 눈을 지나갔다.

투- 욱.

강찬은 손을 그대로 뒤로 넘겨 귀 뒤의 총구를 들었다.

타아아앙!

귀청이 찢어질 것 같은 소리와 오른쪽 눈에 화끈한 열기, 매콤한 냄새가 동시에 느껴졌다.

강찬은 총구를 틀며 거꾸로 방아쇠에 걸어 넣은 엄지를 재차 밀었다.

타아아앙!

두 번째 총알이 나갔다.

퍼억!

C4를 두른 놈이 가슴을 부여잡고 엎어지는 순간이다.

강찬의 엄지가 방아쇠를 누르고 있어서 총알이 연달아 쏟아졌다.

타앙! 타앙! 타앙! 타앙!

사물이 빠르게 다가왔다.

강찬은 앉은 채로 몸을 틀며 왼쪽 주먹을 날렸다.

퍼억! 퍽!

강찬이 놈의 오른쪽 배 아래에 왼쪽 주먹을 꽂아 넣었고, 오른쪽 턱과 목 사이를 얻어맞았다.

콰다당!

강찬과 놈이 동시에 바닥에 엎어졌다. 둘 다 오른손은 권총에 끼인 상태다.

와락!

강찬은 왼손으로 오른손 권총을 감싼 채로 오른쪽으로 거세게 몸을 굴렀다.

콰드득!

놈의 오른팔이 관절째로 부러지며 처참하게 꺾였다.

퍼억! 퍼억! 퍼억! 퍼억!

오른쪽 팔꿈치로 놈의 목을 네 차례 갈기는 동안, 부러진 놈의 팔이 같이 움직였다.

와장창!

베란다 유리가 깨지는 소리가 요란스럽게 들렸다. 복면을 한 대원들이다.

"식탁 옆에 있는 놈! 머리를 쏴, 빨리!"

강찬이 악을 쓰자 대원 둘이 빠르게 달려갔다.

푸슝! 푸슝!

겨우 몸을 일으킨 강찬은 총구에 끼인 엄지를 보고 인상을 찌푸렸다.

싸울 때는 몰랐는데 완전히 반 바퀴가 거꾸로 돌아가 있는 데다, 퉁퉁 부어서 빠져나오질 않았다.

철컥! 철컥!

탄창과 장전된 총알까지 빼낸 다음에 방아쇠를 한껏 당기자 엄지가 빠져나왔다.

콰다당!

대원들이 열어 준 현관문으로 석강호와 최종일이 거칠게 달려들었다.

"다예! 저 새끼 C4를 둘렀다. 전파 교란기 계속 작동시키라고 하고, 폭발물 처리반 들어오라고 해."

강찬은 오른쪽 손바닥 안쪽으로 머리를 툭툭 쳤다.

귀에서 '삐-' 하는 쇳소리가 계속 들렸고, 오른쪽 눈이 시큰거리면서 제대로 보이지 않았다.

최종일이 재빨리 달려 나갔고, 대원 하나가 스미든을 풀어 주고 있었다.

"대장!"

"스미든, 먼저 나가! 빨리!"

대원 둘이 스미든을 부축해 밖으로 나갔다.

"일어납시다."

강찬을 부축하려던 석강호가 인상을 와락 썼다. 상처가 벌어졌는지 셔츠 위로 벌겋게 피가 배어 있었다.

악착같이 달려오다 저렇게 됐을 거다.

강찬과 싸웠던 놈을 대원들이 타이로 꽁꽁 묶고 입에 재갈을 물렸다.

바쁘다.

스미든의 집에 대원들만 10명이 넘게 움직이고 있었다.

"옥상에 있던 놈은?"

"총소리가 나자마자 사살했소. 빨리 나갑시다."

석강호가 식탁 쪽에 넘어진 놈을 보며 외칠 때 최종일이 달려왔다.

"전파 교란기 작동 중입니다."

최종일이 강찬을 잡아 일으켰다.

"우선 피하는 게 좋습니다."

강찬은 머리를 짧게 털었다. 자꾸만 사물의 거리가 맞지 않아서 발이 푹푹 꺼졌다.

최종일이 강찬의 상체를 붙들어서 빠르게 스미든의 집을 빠져나왔다.

앰뷸런스, 경찰차, 그리고 검은 승합차들이 잔뜩 모여서 주변을 통제했는데 사이렌을 울리지는 않는다.

밖으로 나오자 정신이 한결 돌아왔다.

"방지병원으로 가."

구급차의 침대 쪽에 강찬과 석강호가 올라탔다.

문이 닫히고, 앞쪽에서 최종일이 '방지병원.'이라고 짧게 말하는 소리가 들렸다.

강찬은 또 가볍게 머리를 두들겼다.

"왜 그러쇼?"

"귀 바로 옆에서 총을 쏴서 그런가? 술 취한 것처럼 정신이 몽롱해."

"그만하길 다행이오."

"스미든은?"

석강호가 앞을 향해 묻자 최종일이 '방지병원으로 출발했습니다!' 하고 답을 했다.

퇴원한 지 일주일도 안 됐는데 또 병원으로 향하는 거다.

병원에 도착할 때쯤엔 멍하던 정신이 돌아왔다.

얻어맞은 목이 뻑뻑하고 쇳소리가 아직 울렸지만, 술에 취한 것처럼 몽롱한 건 많이 줄었다.

엄지손가락을 제대로 맞춰서 깁스를 했고, 머리는 MRI를 찍었는데 당장 눈에 띄는 이상은 없었다. 입원할 이유가 없다는 뜻이다.

그 와중에 석강호는 상처를 소독하고 붕대를 새로 감았다.

치료가 다 끝나자 강찬은 석강호와 함께 스미든이 입원한 병실로 향했다.

입구에 요원 넷이 지키고 있는 것을 보자 한결 마음이 놓였다.

"대장."

침대에 누워 있던 스미든이 상체를 일으켰다.
"커피 마실래?"
"그래요."
강찬은 석강호를 자리에 앉게 하고 커피를 탔다. 창문도 열었다.
담배를 나눠 물고 봉지 커피를 한 잔씩 마시자 정신이 한결 들었다.
"어떻게 된 거야?"
"비밀번호를 알고 있었어요."
강찬은 나직하게 한숨을 내쉬었다.
"너 또 여자애들 집에 데려갔었냐?"
스미든의 시선이 바닥으로 떨어졌다.
"야 이 개새끼야! 지난번에 그 일 있고서도 아직 정신 못 차렸어?"
석강호가 다부지게 욕해도 스미든은 대꾸하지 못했다.
"스미든."
"예."
"한 번만 더 이런 일이 있으면 그땐 너 모른 척할 거다."
"미안합니다."
강찬은 다른 말 하지 않고 담배를 껐다.
뭐가 어떻게 돌아가는 건지?
"놈들이 다른 말은 안 하던?"

"전혀요."

너무 빨리 죽이는 바람에 요구 조건이 뭔지도 못 들었다.

"밖에 요원들이 있으니까 너무 걱정 말고."

"요원?"

강찬은 프랑스어로 빠르게 설명해 주었다.

"아! 알았어요. 요원."

"퇴원해서 집에 가면 이제는 조심 좀 하자."

"그래요."

강찬은 스미든을 한 번 쳐다보고는 병실을 나섰다.

서양 놈 특유의 굵직한 뼈대를 타고나서 지금도 어깨며 팔뚝은 강인해 보이는데 제대로 힘을 쓰지 못한다.

자존심이 많이 상했을 거고, 그만큼 비참했을 거다.

"팀장님이 기다리십니다."

강찬은 석강호와 함께 주차장에서 승합차에 올랐다.

차는 곧바로 출발했다.

"삼성동 사무실로 가시죠."

"팀장님도 다시 입원해야 할 거 같은데요? 정 갑갑하시면 방지병원에 입원하세요."

"분위기가 심상치 않습니다. 이럴 땐 사무실이 낫습니다."

강찬은 생각난 김에 시계를 벗어서 김형정에게 건네주었다.

"폭탄은 제거했습니다. 버튼 형태의 뇌관이 허리춤에 있어서 누를 틈이 없었던 모양입니다. 그렇게 총을 맞을 줄은 몰랐던 것 같기도 하고, 실제로 폭탄을 사용하기보다는 협박용으로 이용하려던 것 같기도 합니다."

버튼을 들고 있지 않았던 걸로 봐서 협박용이 맞을 거다.

"폭탄을 소지한 적은 현장에서 사살, 총상을 입은 적은 조금 전에 사망했습니다. 강찬 씨와 격투를 벌이다 생포한 적은 현재 자살을 막기 위한 장치만 해 두었구요."

말을 하는 동안 삼성동에 도착한 승합차는 바로 지하로 내려갔다.

지하 주차장에 도착하자 요원 한 명이 휠체어를 가져와 김형정을 태웠다.

5층 사무실에 올라가자 의사가 링거와 주사를 놓아 주고, 상처를 살핀 다음 나갔다.

이렇게 하니까 또 영락없이 병원 분위기다.

"저녁 드셔야죠."

사실 별로 생각은 없었다. 하지만 김형정을 생각해서라도 안 먹겠다고 할 수 없어서 돌솥밥을 배달했다.

밥이 도착했고, 먹고 그릇을 내놓았을 때는 이미 저녁 7시가 다 된 시간이었다.

그때까지 특별한 보고는 없었다.

"가 볼게요. 다른 소식 있으면 전화해 주세요."

"알겠습니다."

김형정과 헤어진 강찬은 석강호와 함께 사거리 커피 전문점으로 자리를 옮겼다.

뭔가 대책이 필요했다. 이런 식으로 아는 사람이 돌아가면서 위험에 빠지는 것도 그렇고, 매번 나서는 것도 한계가 있다.

이런 일들이 하나둘 모이면 적들은 분명 더 잔인해진다.

"이 새끼들이 뭘 노린 건지 알아보고나 죽일걸."

"쓸데없는 소릴 하쇼. 그만하길 다행이우."

오랜만에 레몬차를 놓고 둘이 앉았다.

"대책이 있어야지 이건 아니잖냐. 언제 누가 당할지 모르는데 아는 사람을 전부 경호할 수도 없고."

"그렇긴 하우."

"쯧! 막말로 허은실이나 이호준을 납치해도 우린 가 봐야 하는 거잖아?"

석강호가 고개를 끄덕인 후에 시선을 들었다.

"그런데 저 새끼들이 어떻게 스미든을 노렸을까요? 전에 도청 장치야 그렇다 쳐도 이건 좀 아니잖소?"

"나도 그게 수상해. 아무리 생각해도 스미든을 알 만한 놈이 없거든."

둘이서 30분쯤 고민했는데 그렇다고 뾰족한 답이 나오는 건 아니었다.

석강호의 상태도 그렇고, 강찬은 집으로 들어갈 생각이었다.

"들어가자."

"괜찮겠소?"

"상처로 따지면 네가 더 심각해. 들어가서 쉬고, 주변 좀 더 살펴."

"알았소."

아파트 앞에서 헤어진 강찬은 집으로 올라가지 않고 벤치에 앉았다. 오른손 엄지에 깁스를 고정시키느라고 손 전체에 붕대를 감았다.

왼손 붕대를 풀자마자 오른손에 붕대를 감고 집에 들어가야 한다.

강찬은 천천히 붕대를 풀었다.

함부로 움직이지만 않으면 큰 탈은 없을 거고, 아프리카에서도 이 정도 부상에 깁스를 하지는 않았다.

왼손으로 빠르게 풀어낸 붕대를 옆자리에 내려놓고 앉아 있을 때였다.

아파트 입구로 김미영이 들어오는 게 보였다.

"김미영!"

강찬이 부르자 김미영이 깜짝 놀랐다가 특유의 걸음으로 달려왔다.

"왜 여기 있어?"

감춰진 것들

"학원 다녀오는 거니?"

"응!"

학교에서 봤던 것처럼 여전히 핼쑥한 얼굴이었다.

"붕대는 뭐야?"

"손가락을 삐끗했는데 괜찮아서 풀었어. 밥은?"

"먹었어."

김미영이 강찬의 곁에 앉았다.

정말 무럭무럭 큰다. 갑자기 어른이 된 듯한 모습이 낯설기도 했다.

"왜?"

"그냥. 오랜만에 보니까 좋아서."

"ㅎㅎㅎㅎ."

"안 힘들어?"

"힘들어."

김미영이 기지개를 켜는 것처럼 두 팔을 앞으로 쭉 뻗었다.

"그중에서도 보고 싶은 거 참는 게 제일 힘들어."

"보고 싶기는 하냐?"

무심코 나온 말이다.

김미영이 천천히 고개를 돌려 강찬을 보았다.

"TV에 나왔을 때 있잖아?"

"언제? 발표회장?"

"응. 학교에서 보는데 겁이 났었어."
"이렇게 무사하잖아."
"그거 말고."
앞머리만 좀 바꾸면 정말 예쁠 텐데.
"넌 벌써 중요한 자리에서 대통령과 악수까지 하는데 난 그냥 고3 학생인 거야. 꼭 서울대학교 정치외교학과에 들어가고 싶어."
"너 정도면 충분하잖아."
"아냐. 수석으로 들어갈 거야. 아빠가 그랬어. 너 정도 되면 재벌가에서 가만 안 둘 거라고."
"아버지가 그런 말씀을 하셔?"
"엄마랑 하는 말 들은 거야."
강찬은 풀썩 웃고 말았다.
재벌은 양진우 때문에 이미 정떨어졌고, 또 그렇지 않다고 해도 그런 건 생각해 본 적도 없었다.
"찬아, 나 커피 사 줘."
"시간이 돼?"
"응!"
어차피 집에 들어가고 싶지 않은 참이다.
"가방 이리 줘."
강찬은 김미영과 함께 아파트를 나왔다.
'학교를 다시 다닐까?'

김미영과 걷고 있으려니까 문득 그때가 속은 편했구나 싶었다.

"소연 언니 있잖아."

누구를 말하는지 바로 알아듣지 못했다.

"드라마에서 정말 예쁘게 나와."

"아! 은소연? 너도 TV 볼 시간이 있어?"

"잠깐 봤어. 학원 끝나고 애들이 전화기로 보여 줬거든. 그 드라마 요즘 인기 있어. 노래도 좋고."

길 건너편의 전문점으로 들어갔다.

김미영은 아메리카노를 연하게 주문했고, 강찬은 그냥 물 한 병을 사서 자리에 앉았다.

조잘조잘.

김미영은 변한 게 없었다.

학원 이야기, 학교 이야기.

혼자서 자신과의 약속을 지키기 위해 악착같이 공부하고 있었던 모양이다.

"아빠가 프랑스 유학 가겠다고 하면 보내 주신대."

강찬은 그냥 웃을 수밖에 없었다.

"그리고 너 방해하지 말라고 하셨어. 정말 중요한 역할을 하고 있는 거라고. 내가 할 일을 제대로 하지 못하면서 너 귀찮게 하면 싫어할 거라고."

"내가?"

"응!"

함께 있게 되자 김미영의 눈에서 꼭꼭 눌러 두었던 외로움이 떠올랐다.

"괜찮으니까 정말 힘들거나, 학원 끝나고 생각나면 문자해. 집에 있으면 그럴 때 잠깐 보면 되지."

김미영은 고개를 저었다.

"수시 접수 금방이야. 그거 끝나면."

이렇게 독한 구석이 있으니까 공부도 잘하는 걸 거다.

"나 처음으로 공부가 재밌어. 그동안은 엄마가 짜 준 대로 따라가기만 했던 건데 지금은 문제 풀 때마다 행복해."

"알았다. 그런데 프랑스어 공부는 좀 천천히 해. 건강도 생각해야지."

"응!"

김미영이 두 손으로 커피 잔을 감싸고 강찬을 보았다.

허름한 티셔츠, 청바지.

멋이라곤 하나도 내지 않았지만, 반짝이는 눈빛이 정말 좋아 보였다.

커다란 병에 담긴 엉기고 성긴 조각들을 누군가 흔들어서 차분하게 아래로 가라앉힌 느낌이었다.

이상하게 김미영과 있으면 독기가 가라앉고, 마음이 차분해진다.

"왜?"

감춰진 것들 • 197

"너랑 있으니까 좋아서 그래."

"<u>ㅎㅎㅎㅎ</u>."

이젠 이 웃음이 반갑다.

"참! 호준이랑 은실이 병원에 다닌대."

둘이서 함께 줘 맞은 건가?

강찬의 시선을 받은 김미영이 말을 이었다.

"전에 괴롭히던 애 중에 심수진이라고 있거든. 걔가 병원에 있어서 사과하러 다니나 봐. 학교 끝나면 같이 간대. 다른 애들도 함께 갈 때 있어."

"걔들 학교에서 사고는 안 치냐?"

"얼마나 잘하는데? 우리 학교는 이제 왕따 없어졌어. 그런 애들 있으면 선생님들이 먼저 호준이하고 은실이를 찾아."

강찬이 피식 웃자 김미영이 억울한 표정을 지었다.

좋았다.

어수선하던 주변 일들이 차분하게 바닥으로 가라앉는 느낌도 그렇고, 낮의 일로 바짝 오른 독기가 풀려나가는 것까지.

김미영을 안아 보고 싶다는 생각이 들었다. 그러면 지치고 힘든 구석이 녹아내릴 것 같았다.

"왜?"

"보고 있으니까 좋아서 그래. 오랜만에 보는 거라서."

"ㅎㅎㅎㅎ."
"들어가야지."
"조금만 더 있으면 안 돼?"
"정말 괜찮아?"
"응! 응!"
강찬은 고개를 끄덕였다.
차분하게 가라앉았다.
그런데도 이상하게 마음 한구석에 딱딱하게 자리 잡은 불안함은 쉽게 털어지지 않았다.

⚜   ⚜   ⚜

일요일 오전 9시경에 라노크에게서 전화가 왔고, 점심 약속을 했다.
시간보다 조금 일찍 출발한 강찬은 남산호텔에 도착해서 먼저 주철범을 찾았다.
어차피 마주칠 거라면 먼저 찾아보는 게 좀 더 낫지 않을까?
로비 라운지.
"오셨습니까?"
강찬의 앞으로 온 주철범이 깍듯하게 인사했다.
"앉아. 뭐 마실래?"

"커피 하겠습니다, 형님."

강찬은 커피 2잔을 주문했다.

"형님, 도석이 형님 깨어나셨습니다."

"그래?"

반가운 소식이다. 몇 달 만에 의식을 차린 거다.

"아직 제대로 말은 못하는데 그래도 싫은 것과 좋은 것은 분명하게 밝히는 정도랍니다. 광택이 형님하고 전부 병원에 계십니다."

"잘됐다. 내가 연락할 테니까 언제 한번 같이 가자."

마침 커피가 나와서 잠시 말이 중단됐다.

둘이 노닥거리다가 전화가 와서 방으로 올라갔다.

"강찬 씨!"

라노크는 손을 내밀었다.

젠장!

뜻밖의 악수에 엄지가 울렸지만, 내색하기 어려웠다. 별거 아니라고 생각했는데 눈물이 핑 돌았다.

자리에 앉자 보좌관이 차와 담배를 가져다주었다.

"어제 다치지는 않았습니까?"

"알고 계셨어요?"

"한국은 일 처리가 약간 요란스러운 맛이 있지요."

어차피 말할 참이었다.

강찬은 어제 있었던 일을 자세하게 설명했는데, 라노크는 시가에 불을 붙이며 진지하게 이야기를 들었다.

"대사님, 정보전이라는 게 주변 사람을 끊임없이 위험하게 만드는 겁니까?"

라노크는 짧게 고개를 저었다.

"한국의 국가정보원 요원들을 보면 알 겁니다. 강찬 씨의 경우는 극히 이례적입니다. 워낙 짧은 시간에 주목을 받았고, 영국 같은 경우는 국가의 사활이 걸려 있다시피 해서 더욱 그럴 겁니다."

라노크는 탁자에 놓여 있던 커다란 종이봉투를 들어 강찬에게 건넸다.

얼굴을 바라보았으나 열어 보라는 의미인지 답은 없었다.

강찬이 봉투를 열자 여권 3개와 커다란 사진 3장이 들어 있었고, 사진마다 클립으로 인적 사항이 붙어 있었다.

"강찬 씨를 습격했던 세 사람입니다."

이 구렁이의 능력은 도대체 어디까지인 거지?

강찬은 라노크를 한 번 본 후에 다시 사진과 자료를 훑어보았다.

"영국의 SAS 출신입니다. 외인부대 특수팀과 능히 비견될 만합니다. 강찬 씨가 그런 셋을 혼자서 해결했기 때문에 다음번엔 더 강력한 적이 나타날 겁니다."

절로 한숨이 푹 나오는 설명이었다.

"지금은 강찬 씨의 국적이 약점이 됩니다. 한국은 그동안 보복전이 없었습니다."

시선을 들었을 때 라노크는 강한 눈빛을 하고 있었다.

"프랑스는 이런 경우, 상대가 질릴 때까지 응징을 가합니다. 목표를 정하고, 암살을 주저하지 않습니다. 본국의 소중한 인재를 건드리지 말라는 뜻입니다. 정보총국에 대해서는 잘 알 거라 생각합니다."

강찬이 담배를 집어 들자 라노크가 불을 붙여 주었다.

"지난번 몽골 사건을 프랑스의 작전으로 알고 있습니다. 그래서 저는 중국의 화살에서 벗어났지만, 강찬 씨는 여전히 편안한 타깃이 됩니다."

"그렇다면 영국을 때려 줘야겠군요."

라노크가 '원한다면!' 하는 투로 어깨를 슬쩍 들었다 놓았다.

"정보전은 무기를 가진 철부지들의 싸움 같습니다. 그래서 국력이 필요하지요. 전면전으로 벌어졌을 때 한국이 영국을 감당할 수 있을까요?"

"전면전이 벌어집니까?"

"치사하지만, 영국이 맞고 가만있을 거라고 생각하지 마세요. 국제사회에서 힘을 발휘해 경제적인 제재를 가할 수도 있고, 무력시위를 할 수도 있습니다. 만약 강찬 씨가 작전에 실패해서 증거를 남긴다면 국제사회에서 치명적인 잘못을 저지른 게 됩니다."

"애들 싸움에 어른이 나서는 꼴이군요."

"바로 그렇습니다. 어떤 경우에도 국가의 이익이 우선시 됩니다. 국력이 약한 나라가 강한 나라를 상대하는 것은 그만큼 어렵지요. 지난 회의 때, 바실리가 무례하게 굴 수 있는 이유이기도 합니다."

"대사님 말씀대로라면 제가 영국을 때려서는 안 되는 거잖습니까?"

"완벽하게 제대로 때리면 됩니다."

강찬은 픽 하고 웃고 말았다.

"증거를 남기지 말고, 타깃을 제대로 해치우는 겁니다. 그런 일이 한 번, 두 번 반복되면 영국도 함부로 나서지 못합니다."

"프랑스의 정보총국처럼 암살이라도 하란 말씀이시군요."

"정답입니다."

반쯤 농담으로 한 말인데 라노크가 진지하게 답을 했다. 그는 재떨이에 시가를 돌려 가며 재를 떨고 나서 다시 소파에 등을 기댔다.

"영국 정보국의 수장을 암살하는 것이 효과는 가장 좋겠지요."

"진심이십니까?"

"이런 일에 농담을 하지는 않습니다."

라노크가 왜 이렇게까지 나오는 거지?

강찬의 표정을 본 라노크가 설명하듯 입을 열었다.

"강찬 씨는 싫든 좋든 정보 세계에 알려졌습니다. 미안한 말이지만, 한국은 아직 국력이 약하고, 정보국의 능력 또한 중간 수준입니다. 이런 상황에서 살아남으려면 강찬 씨를 건드릴 계획을 세울 때, 적어도 그쪽 수장이 목을 걸어야 한다는 것 정도는 보여 주는 것이 좋습니다."

아프리카의 부족 전쟁에서나 나옴 직한 말이었다.

그런데 라노크의 설명을 듣고 나자 지금 끼어든 싸움이 얼마나 잔인한지를 분명하게 알 수 있었다.

"강찬 씨가 당장 영국 정보국의 수장을 노리는 건 어렵습니다. 그렇다면 우선 저들의 입국을 도운 사람을 먼저 해결하는 것이 좋습니다. 어차피 누가 왜 죽였는지는 다 알게 되니까요."

강찬은 숨을 천천히 들이마셨다가 나직하게 내뱉었다.

라노크가 적이 아니란 사실에 진심으로 감사하는 마음이었다.

"허하수 국회의장이 입국을 도왔습니다. 중국 정보국이 여권을 만들어 주었고, 홍콩을 통해 들어왔습니다. 지금쯤 한국 국가정보원도 충분히 파악했을 겁니다."

"중국은 바실리에게 비행기를 내주고, 시체까지 건네주었는데요?"

"강찬 씨, 중국의 입장은 다른 나라에서 강찬 씨를 제거하는 일이라면 굳이 반대하지 않는다는 것입니다. 정보전은 한쪽 면을 보고 결정하면 반드시 후회가 남습니다."

라로크는 학생을 가르치는 선생처럼 자상하게 설명을 늘어놓았다.

"저와 강찬 씨도 마찬가지입니다. 프랑스와 한국의 이익이 대립되었을 때 우리는 만나서 조율할 수 있습니다. 하지만 이익이 첨예하게 맞부딪히게 되면 정보총국이 저에게 보고하지 않고 움직일 수도 있지요. 정보전은 그런 것입니다."

"정말 싫네요."

차를 한 모금 마신 강찬이 다시 담배를 집어 들었다.

"발표회장에서 발견된 이글루는 러시아에서 판매한 것입니다. 그걸 세흐토 브니므가 사서 양진우에게 넘긴 겁니다."

"바실리가 그걸 알고 있나요?"

강찬은 한숨을 내쉬는 것처럼 질문을 던졌다.

"무기 밀매를 바실리가 모른다면 지금의 위치에 있지 못했을 겁니다."

개새끼가!

"강찬 씨, 아무리 화가 나도 당분간 바실리는 잊어야 합니다. 그를 건드리면 한국은 엄청난 대가를 치르게 됩니다.

러시아가 북한에 무제한으로 무기와 경비를 지불할 테니까요. 미국이 나서서 도움을 준다고 해도 이미 한국은 엉망이 된 다음일 겁니다."

쯧!

정말 죽일 놈은 죽이기 어렵다는 거다.

"우선 집안 단속부터 하는 게 좋습니다. 허하수와 허삼수가 뒤를 노리고 있다면 강찬 씨도 마음이 편할 수 없을 테니까요."

"그래야겠네요."

"남은 이야기는 식사를 하면서 마저 할까요?"

마치 즐거운 이야기를 나누고 있다는 투였는데, 라노크의 일상에서 지금이 그런 순간일지도 모른다는 생각을 했다.

좋아하는 사람과 만나서 그리 심각하지 않은 이야기를 나누는 것이라면 말이다.

점심은 프랑스식 만찬이었다.

낮이라 부담스럽기는 했지만 강찬은 계속해서 궁금한 것들을 물었고, 라노크는 그에 대해 진지하게 답을 했다.

일대일 강의를 듣는 느낌?

라노크는 강찬이 국제 정세와 정보국의 생리에 관해 관심을 가진 것을 무척이나 반가워하는 눈치였다.

달그닥.

마침내 포크와 나이프를 내려놓는 것으로 식사가 끝나고,

약하게 얼린 아이스크림이 후식으로 나왔다.

"정보전에서 강찬 씨가 가진 가장 큰 장점은 동물적인 감각입니다."

라노크는 아이스크림을 스푼으로 깎듯이 떠올렸다.

"경험이 부족하고, 한국의 국력이 약한 것이 약점이긴 한데 강찬 씨의 결정과 행동에 따라 그 판단이 바뀔 수도 있습니다."

"실력을 보이란 말씀이시죠?"

"쉽지 않겠지만, 지금으로선 최선의 선택입니다."

강찬은 아이스크림을 한쪽으로 밀고 커피를 당겨 앞에다 놓았다.

"제가 정보전에서 빠질 수도 있습니까?"

틀린 답을 들었다는 것처럼 라노크는 고개를 갸웃했다.

"유라시아 철도를 연결할 때까지 비선이 필요한 한국은 강찬 씨에게 끝없이 부탁을 할 겁니다. 강찬 씨가 정보전 일을 하지 않겠다면 나는 강요하지 않습니다. 다만, 내게 다른 사람을 비선으로 삼으라고 추천해서는 안 됩니다."

강찬은 고개를 끄덕였다.

"후우! 대사님."

한숨을 내쉰 강찬을 라노크가 흥미롭게 지켜보았다.

"제가 프랑스 용병의 동원을 부탁드려도 됩니까?"

"강찬 씨는 내 친구입니다. 그리고 나는 내가 할 수 있는 일에서 친구의 부탁을 거절한 적이 없습니다."

결국, 이렇게 되는 건가?

뭐라도 좋다.

이왕 할 거라면, 내 사람을 지키는 거라면, 물러나고 싶지는 않았다.

강찬의 표정을 본 라노크가 의미심장한 미소를 띠었다.

"결심이 섰습니까?"

"대강은 그렇습니다."

라노크가 와인 잔을 앞으로 내밀었다.

이런 건 거절하기 어렵다.

채앵!

잔이 부딪치는 소리가 방 안에 울렸다.

"라노크의 진정한 힘을 보여 드리죠."

"겁나는대요?"

"그럴 리가요?"

라노크가 재미있다는 투로 강찬을 보며 웃었다.

"각국의 정보국이 강찬 씨의 정식 데뷔를 긴장하며 지켜보고 있습니다. 강찬 씨의 이름이 알려질수록 나의 명성도 커지게 되지요. 그렇다면 선물을 하나 드릴까요?"

라노크가 검지를 위로 세우며 보좌관을 보았다.

시가와 담배, 그리고 커다란 종이봉투를 식탁으로 가져온 보좌관이 커피 잔을 제외한 나머지 그릇을 모두 치웠다.

"허하수, 허삼수 형제가 중국에 있습니다. 앞으로 일주일 안에 입국할 텐데 정확한 날짜는 한국의 국가정보원이 알 수 있을 겁니다. 영국의 정보국과 손잡고, 미국에 군사 기밀을 판 것은 이미 소문이 났지요. 강찬 씨의 데뷔전으로 충분할 겁니다."

이런 걸 준비해 놓았다고? 만약 이런 대화가 나오지 않았다면 어떻게 하려고 했을까?

라노크가 왜 그러냐는 투로 강찬의 얼굴을 살폈다.

"대사님이 무섭습니다."

"하하하."

라노크는 냅킨으로 입을 닦으면서도 웃음을 터트리고 있었다.

보좌관이 신기한 것을 보았다는 듯 눈길을 주었다.

"바실리에게 시체 심부름까지 시킨 강찬 씨가 그런 말을 하다니! 강찬 씨, 나는 강찬 씨 나이에 정보국 밑바닥 사람들과 얼굴을 익히기 위해 전 세계를 돌았습니다."

웃음을 멈춘 라노크가 강찬을 똑바로 보았다.

"강찬 씨의 위력을 과소평가하면 안 됩니다. 지금 강찬 씨가 바실리에게 부탁하면 그는 핵탄두라도 가져다줄 겁니다."

왜? 무엇 때문에 핵탄두를 가져다준다는 건가?

"강찬 씨가 중심이 되는 세상이 오기 전에 둘 중 하나를 만들어 놓아야지요. 친해지거나?"

라노크가 시가를 잠시 보았다가 다시 시선을 들었다.

"아니면 제거해야겠지요."

피식.

강찬의 웃음을 라노크가 만족한 듯 보았다.

"강찬 씨, 나는 강찬 씨의 친구가 맞습니까?"

어색하고 닭살 돋는 질문이었는데 라노크는 진지한 얼굴이었다.

"대사님은 제게 스승 같은 분이시죠."

그래서 강찬은 낯간지러운 답을 했다.

라노크는 그때까지 꼼짝도 않고 강찬을 보고 있었다.

그는 커다랗게 숨을 들이마신 뒤, 각오한 표정으로 천천히 입을 열었다.

"강찬 씨, 그렇다면 안느처럼 프랑스도 강찬 씨에게 부탁합니다."

"대사님?"

"강찬 씨가 자리 잡을 때까지 나는 내가 가진 모든 것을 걸겠습니다. 솔직히 몽골 작전이 끝났을 때 이미 결심을 했지만, 이제야 이야기합니다. 지금부터 강찬 씨는 정보국 사이에서 본격적인 경력을 쌓는 겁니다. 그사이 내가 잘못되면 안느와 프랑스를 강찬 씨가 지켜 주십시오."

이야기가 너무 빨리, 그리고 너무 멀리 가는 느낌이었다.

"그리고 내가 강찬 씨를 도운 것처럼 프랑스에서 인재를 찾아 키워 주세요. 그것만 약속해 준다면 나는 오늘부터 편안하게 잠을 잘 수 있을 겁니다."

반짝이는 라노크의 눈이 답을 기다리고 있었다.

라노크뿐만 아니라 보좌관, 루이까지 긴장한 얼굴로 강찬을 지켜보고 있었다.

"약속하겠습니다, 대사님. 하지만 제가 있는 한 대사님을 잃는 일은 없을 겁니다. 제 감각이 보통 예민한 것이 아니어서요."

"하하하! 그렇군요! 강찬 씨의 그 감각을 내가 잊고 있었군요!"

처음이다.

크게 웃는 적은 몇 차례 있었지만, 라노크가 이 정도로 유쾌하게 웃는 것은 정말 처음이었다.

한 시간가량을 더 있었으니 점심을 먹는 데 꼬박 3시간이 걸렸다.

헤어질 시간이다.

자리에서 일어난 라노크가 문 앞에서 강찬에게 팔을 벌렸다.

말이 없었다.

뭐가 있나?

오늘 평소와 다른 모습을 보이는 것이 어딘가 마음에 걸렸다.

"대사님."

루이가 문을 여는 순간에 강찬이 라노크를 불러 세웠다.

"저는 단순해서 감정을 조절하지 못합니다. 위험한 순간이 생기면 가장 먼저 저를 찾는다고 약속해 주십시오."

라노크의 눈동자가 흔들리는 것을 분명하게 보아서 강찬은 표정이 딱딱하게 굳었다.

라노크는 눈빛이 흔들릴 사람이 아니다.

"약속하겠습니다."

"저를 살인마로 만들지는 마십시오."

석강호가 왜 이런 표현을 썼는지 확실하게 알게 되었지만, 지금 중요한 건 그게 아니었다.

강찬은 빠르게 보좌관과 루이를 보았다. 문제가 생기면 너희라도 빨리 연락하라는 뜻이었다.

"오흐브와흐, 아 드망(Au revoir, a demain)."

콧소리가 담긴 멋진 인사를 끝으로 라노크가 방을 나섰다.

이대로 보내도 되는 건가?

붙잡아서 악착같이 안느 이름을 걸고 맹세라도 받아야 하는 건 아닐까?

왜 그런지 어제부터 끈적거리며 달라붙어 있던 묘한 불안함의 실체가 사실은 라노크에게 있는 건가 하는 생각이 들었다.

강찬은 고개를 저었다.

그런다고, 지금 강찬이 매달린다고, 라노크는 절대로 뜻을 바꿀 사람은 아니다.

이렇게 된 이상, 빨리 정보국에 이름을 알리는 게 현명한 일이다.

누구든, 어떤 나라든, 자신의 사람을 건드리면 징글징글한 응징에 떨게 만드는 거다.

갓 오브 블랙필드.

적들이 붙여 주었던 그 이름을 정보국에서 자연스럽게 받아들이게 만드는 게 라노크를 비롯한 주변 사람을 제대로 지키는 가장 현명하고 빠른 길이다.

호텔의 아래층으로 내려왔을 때는 시간이 오후 4시였다.

서류 봉투 2개를 들고 로비로 걸어 나가던 강찬은 걸음을 멈추고 웃고 말았다.

오광택이 주철범을 옆에 세운 채로 로비 라운지에서 빤히 자신을 바라보고 있었다.

"야! 강찬!"

무식한 깡패 새끼!

일요일이라 가뜩이나 사람도 많은데 이산가족이라도 찾은 것처럼 악을 써 댔다.

반가웠다.

강찬은 저절로 올라오는 웃음을 담고 로비 라운지로 걸어갔다.

감춰진 것들 • 213

"야! 인마!"

오광택이 강찬의 손을 꽉 잡았다.

이렇게 반가워할 줄은 몰랐다. 그만큼 엄지가 비틀려서 하마터면 주먹을 날릴 뻔했다.

끔찍한 악수를 나눈 후에 자리에 앉았다.

"점심은 먹었지? 저녁은 나랑 먹어."

"그래? 그러자."

"야! 도석이 일어났어."

"얘기 들었어. 그렇지 않아도 한 번 가 보려고."

"이상한 얘기하던데?"

"왜?"

시키지도 않았는데 지배인이 커피를 가져다주었다.

"그날 당한 거 말이다. 우린 주차장파 짓인 줄 알았거든. 그런데 외국 놈들이었다던데?"

"뭐?"

"그때 프랑스 놈 하나 네가 제꼈잖아. 그래서 그런 거 같다고 하더라."

"그래?"

"그래, 인마!"

뭐가 어떻게 돌아가는 거지? 샤흐란을 해결하고 당한 거였나?

서도석은 그 사건에 엮일 일이 없다.

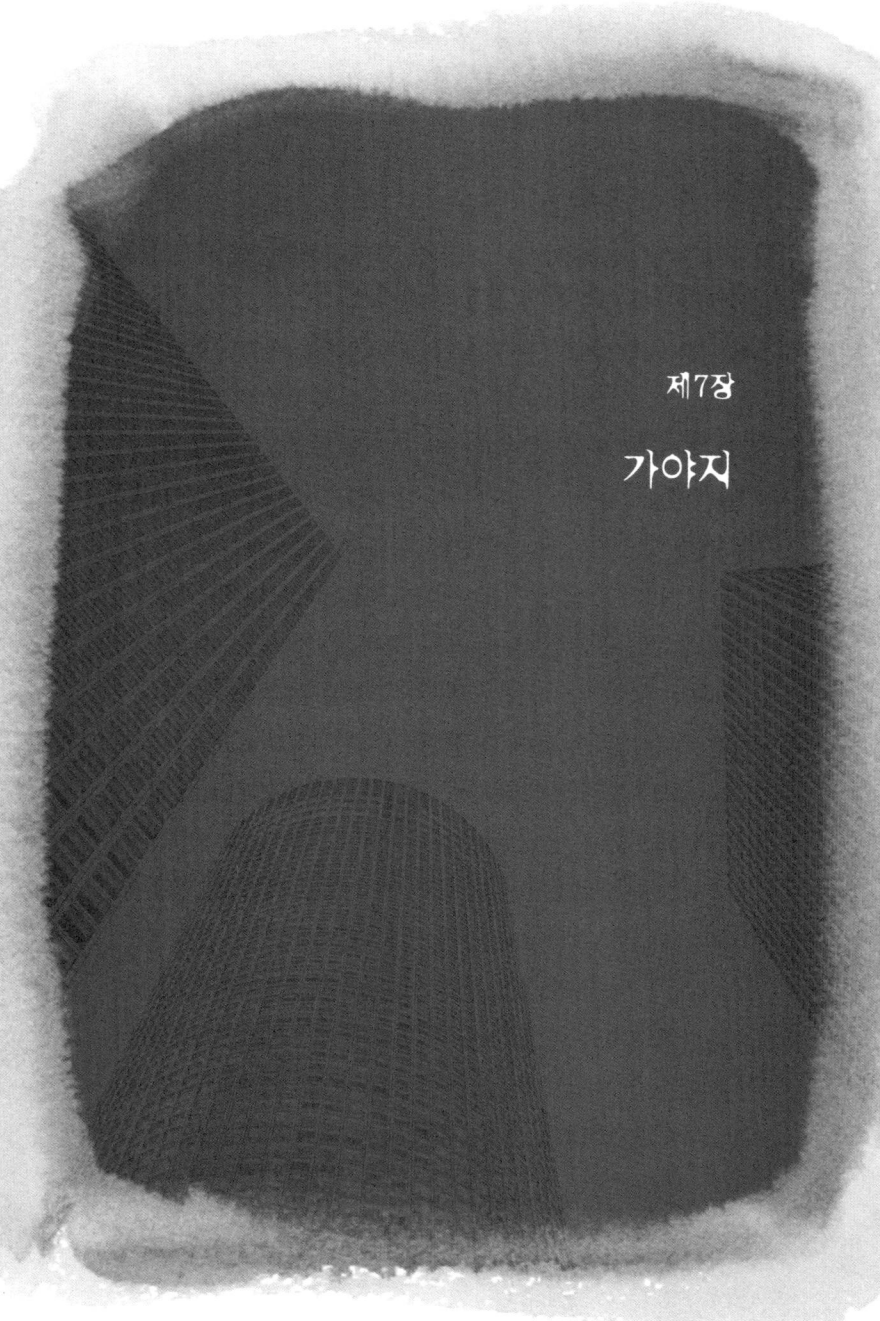

제7장

가야지

모처럼 국밥집에서 저녁을 먹은 강찬은 곧바로 집으로 가기 어려웠다. 폭탄주를 많이 마신 것은 아니지만, 그렇다고 술 냄새가 안 나는 것도 아니었다.

강찬은 전화기를 들어 어플을 눌렀다.

[최종일입니다.]

"뭐하냐? 커피나 한잔하자."

웃음을 참으려다가 터트린 콧소리가 들린 것 같았는데, 그거야 뭐? 1분도 되지 않아서 이두범이 운전하는 승용차가 호텔 앞으로 나타났다.

"저녁은 먹었어?"

"비빔밥 먹었습니다."

"사거리 커피 전문점 알지? 그리 가자."

최종일의 눈짓에 차가 바로 출발했다.

강찬은 창밖을 보았다.

요원으로 하는 싸움, 데뷔?

다 좋다. 하지만 그런 싸움이 동반할 희생을 먼저 생각하면 섣불리 결정하기 어려웠다.

명령에 따르면 그만인 아프리카와 달리, 지금 시작하려는 싸움은 결정하고 직접 명령을 내려야 한다. 주변 사람들을 제대로 지키고 싶다는 개인적인 욕심으로 다른 누군가를 희생하게 해도 되는 걸까?

"후우!"

담배를 피우고 싶다는 생각이 드는 순간에 차가 멈춰 섰다.

"커피 드실 겁니까?"

"응. 연하게. 뭐해? 다들 내려."

운전석 문을 닫지 않고 있던 이두범까지 테라스로 자리를 옮겼다. 우희승이 커피를 가져왔고, 넷이서 편안하게 담배를 물었다.

"최종일."

담배에 불을 붙인 강찬이 최종일을 부르자 셋의 시선이 동시에 몰려들었다.

"제대로 한 번 해 볼까 하는데, 생각해 보니까 거의 게릴

라전 수준이겠어."

"적국에 침투할 생각이십니까?"

강찬은 고개를 끄덕였다.

유치한 생각일지 모르지만, 이런 남자들 앞에서 거짓말을 하고 싶지는 않았다.

"그게 가능합니까?"

"프랑스에서 지원해 줄 거다. 비행기, 무기, 입국 경로, 심지어 작전에 필요한 병력과 정보까지. 그래서 죽으면 그냥 개죽음이 된다. 우리나라에서는 아예 승인을 받지 못하는 작전이니까."

히죽.

최종일이 석강호처럼 웃었다.

"양진우 집에서 싸울 때부터 저희 셋은 계속 이런 상상을 하고 있었습니다. 강대국의 정보국처럼 작전 나가는 상상 말입니다. 한 조각의 정보를 얻으려고 죽는 것 말고 우리 요원을 건드린 것에 당당하게 응징을 가하는 일을 미친 듯이 하고 싶었습니다. 찢겨 죽어도 좋고, 시체를 못 찾아도 원망하지 않겠습니다."

"너무 거창하잖아?"

"대한민국의!"

목소리가 컸다고 생각했는지 최종일이 잠시 호흡을 골랐다.

"국가정보원의 힘을 보일 수 있고, 다른 나라가 대한민국을 만만하게 생각하지 못하게 할 수만 있다면 무슨 짓이든 하겠습니다."

강찬이 고개를 돌린 곳에서 우희승과 이두범도 시선을 피하지 않고 있었다.

웃음이 나왔다.

빌어먹을 세상에서 이런 남자들은 오래 살지 못한다. 온갖 궂은일을 하다가 공항에 시체로 돌아오는 거다.

그 영광을 허상수나 양진우 같은 새끼들이 양손에 거머쥐고 거들먹거린다.

"너희 다 특수훈련은 받은 거지?"

"저희는 UDT까지 전부 거쳤습니다."

"알았어."

최종일이 상기된 눈빛으로 커피를 마셨다.

"훈련 일정을 짜자. 테스트해 보고 능력이 안 되면 그건 할 수 없는 거다."

최종일이 재미있다는 듯 웃었다.

"침투조하고 방어조로 나눠서 훈련하고 싶은데 이런 건 누구한테 부탁하는 게 빠르지?"

"전 실장님이 가장 확실할 겁니다."

최종일은 아예 지금 달려가자는 투였다.

"그래? 그럼 전화를 해 볼까?"

강찬은 전화기를 꺼내 번호를 찾았고, 통화 버튼을 눌렀다.

신호가 세 번쯤 울린 다음이다.

[여보세요?]

걸걸한 전대극의 음성이 들렸다.

"실장님, 강찬입니다."

[어? 강찬? 야! 이 사람이! 사람이 이렇게 죽어 가는데 문병도 안 와?]

강찬이 웃음을 터트리자 전대극도 비슷하게 웃었다.

[자넨 괜찮은 거지?]

"예."

이 양반은 천성이 군인으로 태어난 사람이다. 질문에 담긴 설명하기 어려운 감정이 그렇다.

[왔다 가라.]

"지금이요?"

[왜?]

"알았습니다."

전화를 끊자 웃음이 먼저 나왔다.

"지금 오라시는데?"

"가실 겁니까?"

"가야지."

최종일이 가장 먼저 몸을 일으켰다.

⚜   ⚜   ⚜

특실이라고 해서 별다른 것은 없었다.

문을 열고 들어가자, 붕대를 감은 채로 침대에 기대 있던 전대극이 시원하게 웃었다.

하마터면 거수경례를 할 뻔했다.

전대극은 그런 느낌이었다.

"저녁은?"

"먹었습니다."

강찬이 침대 앞에 앉았을 때 최종일과 나머지 두 사람은 뒤를 받치고 서 있었다.

전대극이 세 사람을 슬쩍 보았다.

"너희는 왜 뒤에서 겁을 줘? 꼴 보아하니까 강찬이한테 홀딱 빠졌구나?"

"목숨 걸었습니다."

전대극이 피식 웃고는 강찬을 보았다.

"어떻게 했기에 쟤들이 저래?"

여기까지 와서 딴소리할 거 뭐 있겠나?

강찬은 아예 결심을 굳혔다.

"이제부터 우리나라에서 도발했던 적국에 보복전을 시작할 생각입니다."

전대극이 숨을 커다랗게 들이마셨다.

"실패했을 때의 경우는 생각해 본 거냐?"
"예. 그렇지만 이렇게 두들겨 맞기만 하고서는 유라시아 철도를 제대로 연결하지 못합니다. 그리고 요원들과 대원들의 희생으로 겨우 막는 꼴도 더는 못 보겠습니다."
전대극이 이를 꽉 깨물었다.
"우리나라는 너를 제대로 지원하지 못한다."
"이동에 필요한 비행기와 정보, 무기, 필요하다면 병력까지 프랑스에서 지원받기로 했습니다."
전대극이 마른침을 삼킨 다음, 강찬과 뒤에 서 있는 세 사람을 보았다.
"내가 도와줄 일은?"
"침투조와 방어조로 훈련을 하고 싶습니다."
"1공수와 3공수에 시설이 있다. 비무장지대 침투조까지는 동원해 주마."
"고맙습니다."
왜 그런지, 전대극의 눈가가 붉게 물들어 있었다.
"몽골 작전을 지휘한 게 갓 오브 블랙필드 맞나?"
눈이 마주친 상태에서 건너온 질문이었다.
"예."
강찬은 고개까지 끄덕이며 답을 했다.
"강찬."
전대극은 손을 뻗어 강찬의 손을 잡았다.

"나는 다섯 번인가 작전을 준비하다가 포기했었다. 미국이 나서서 압력을 넣었고, 중국의 눈치를 봐야 했다. 유럽에서도 우리 국가정보원의 요원들은 1년에 10명 이상이 희생된다."

전대극이 어색하게 웃으며 고개를 끄덕였다.

"너 같은 인물이 나오길 얼마나 기다렸는지 모른다. 프랑스의 정보총국에 영향력을 발휘하는 인물, 러시아의 정보국 수장이 만나기 위해서 직접 찾아오는 인물, 무엇보다!"

말을 하다가 감정이 솟구치는 모양이었다.

"작전 중에 희생된 대원들의 시신을 찾아올 수 있는 인물! 오늘이 내 평생에서 두 번째로 기쁜 날이다."

"첫 번째는 뭡니까?"

"그거야, 대한민국의 군인이 된 날이지."

강찬과 전대극이 동시에 풀썩 웃었다.

"젠장! 이런 날은 술을 한잔해 줘야 하는데. 야! 너 나가서 소주 5병만 사와."

최종일은 못 들은 사람처럼 꼼짝도 하지 않았다.

"야 이 시키야! 감동 깨지 말고 빨리 다녀와."

"오늘은 참으시죠."

"안 돼! 가슴이 터질 것 같아서 진정시켜야 하는 거다."

"그러지 마세요. 대신 빨리 일어나셔서 작전을 지휘해 주세요. 국내에서 총괄 지휘를 해 주실 분이 있어야 마음 놓고 설치고 오죠."

"그래?"

정말 이런 사람은 그냥 야전에 있어야 맞다.

"훈련을 언제부터 할래?"

"내일 인원 모아 보고, 수요일부터 하면 맞을 것 같습니다."

"알았다. 내가 1공수, 3공수와 적당한 장소를 조율하고 비무장지대 특수팀 동원시켜 놓지. 그런데."

전대극이 주변을 둘러보고 목소리를 낮췄다.

"첫 번째 목표는 어디냐?"

"중국이나 영국, 둘 중의 하나입니다."

"으하하하, 어!"

웃음을 터트리던 전대극이 옆구리를 감은 붕대를 감싸며 인상을 찌푸렸다.

"개새끼들! 항상 우릴 얕보더니!"

"괜찮으세요?"

"이런 거 아무렇지도 않아."

전대극은 고개를 끄덕였다.

"강찬."

"예."

"고맙다."

"전 제 주변 사람 지키려고 시작한 겁니다. 너무 그러시니까 오히려 부끄럽습니다."

"그런 건 부끄러운 게 아니다. 지금껏 우리는 너무 많이 눈치를 봤어. 지켜 주지 못했음에도 원망하지 않고 임무를 위해 죽어 간 요원들을 너무 많았지. 정말 아깝고, 좋은 놈들이 많았는데. 그 새끼들이 마지막에 기쁘게 죽겠다며 나서는 걸 너무 많이 봤어! 후우!"

감정이 불쑥불쑥 뛰어다니는 모습이었는데, 발표회장에서의 냉철한 모습을 보았기 때문에 작전에 나선 이후를 걱정할 필요는 없었다.

"혹시 유라시아 철도 설립위원장을 맡기면 그냥 못 이기는 척하고 맡아라."

봐라. 전대극은 벌써 제정신을 차린 얼굴이었다.

"직책을 가져. 대한민국을 대표하는 얼굴을 가지는 건 나중에 굉장히 중요한 일이다. 너를 따르는 사람들에게 제대로 된 보상을 해 주기 위해서도 해야 할 일이다."

"생각해 볼게요."

"제발 나보다 위로 가라. 그리고 대통령보다 위로 가. 대한민국의 누군가가 다른 나라에서 위험에 처했을 때 가장 먼저 떠오르는 사람이 네가 되게 해. 요원들이 죽어 가면서 네가 있는 걸 기억하며 웃을 수 있게 해 다오. 나도 최선을 다하마."

너무 나가고 있었지만, 여기서 다른 말을 하기는 어려웠다.

미친 사람처럼 웃음을 터트렸다가 상처를 두 번이나 감싼 후에야 전대극의 병실을 나섰다.

벌써 밤 11시가 다 된 시간이었다.

집으로 향하는 길에 강찬은 유리창 밖으로 펼쳐진 풍경을 보았다.

지금부터다.

전 세계 정보국이 '갓 오브 블랙필드'를 인정하게 만들어 주마. 내 주변을 건드리면 반드시 죽음을 부르는 신이 나타나는 거다.

유치하다고? 죽은 다음에도 그런 소릴 지껄이는지 보자.

⚜   ⚜   ⚜

월요일 아침부터 전대극의 전화로 하루를 시작했다.

증평 쪽에 1급 훈련지를 마련했다는 말과 함께 강찬이 정한 날짜에 맞춰 비무장지대 특수군과 3공수, 그리고 606 대원들을 준비시켜 주겠다는 답이었다.

진행은 죽인다.

그런데 문제는 석강호의 상태다.

강찬은 석강호를 불러서 미사리의 카페로 향했다.

"몸 상태는 어떠냐?"

"이상하게 상처가 자꾸 벌어지우."

석강호는 짜증이 나는 얼굴이었다.

"어제 라노크 만났잖냐."

강찬은 어제 있었던 일을 설명했고, 앞으로 계획도 알려 주었다.

"푸흐흐, 그러니까 우리가 작전을 나간다는 말 아니오?"

조금 전과는 전혀 다른 표정으로 석강호가 웃었다.

"테스트해서 안 되는 놈은 빼고 갈 거다."

"그거야 당연한 일 아니오?"

"구대로 짤 거니까 최대 12명인데, 저격수를 제대로 구하는 게 관건이야. 이번 훈련에서 너도 저격수 둘 챙겨."

말을 마친 강찬이 멀리 있는 강을 보며 인상을 찌푸렸다.

"왜 그러쇼?"

"몰라. 기분이 계속 찜찜한데 뭔지 모르겠어."

석강호는 이런 말을 허투루 듣지 않는다.

"부모님은 염려 없을 거 아니오?"

"그렇지 않아도 최종일한테 수시로 확인하라고 알려 뒀다."

"누가 있지? 설마 스미든을 또 납치할까요?"

"병원에 있더라구. 일부러 잡아 두라고 했고, 퇴원해도 지금 경호하는 요원들이 챙겨 주기로 했다."

"라노크 대사는요?"

"그러게. 사실 헤어질 때 기분이 별로여서 자꾸 걸린다.

눈빛도 좀 이상했고. 뭔가 있는데 숨기는 것 같은 느낌 있잖냐."

"큰일이네. 혹시 미쉘이란 아가씨나 미영이를 노리는 거 아니오?"

"모르겠다. 하여간 오늘부터 좀 챙겨 볼 참이다. 지난번에 미영이는 경호 들어간다고 했거든. 아후! 이럴 때마다 숨 막힌다. 뭔지를 알아야 달려가든가 할 거 아니냐?"

석강호가 고개를 끄덕였다.

이런 모습을 누구보다 가까이서 보았고, 그만큼 이해할 수 있었다.

"훈련은 수요일부터 할 생각이다. 606 대원들과 비무장 특수군 위주로 짜자. 네가 한 팀, 내가 한 팀. 이렇게 하고 방어군은 3공수에서 하기로 하고."

"알았소."

작전 지시 때 말이 통하는 게 정말 좋았다.

"넌 후회 않는 거지?"

"왜 이러쇼? 이제 정말 사는 맛이 콱 나우. 대장, 나 행복하우. 푸흐흐흐."

강찬은 그만 풀썩 웃고 말았다.

눈에 살기를 담뿍 담고 히죽거리는 놈이 행복이란 말을 하는 것이 어딘가 애처로워 보이기도 했다.

그래도 이런 동료가 있는 게 어딘가?

미사리에서 점심을 먹은 후, 석강호와 함께 삼성동의 김형정 사무실로 향했다.

전대극이 이미 충분히 설명해 놓아서 다른 말은 필요하지 않았다.

김형정은 부상이 아직 제대로 낫지 못한 걸 무척이나 억울해했다.

인원은 강찬이 인솔하는 11명이 1조, 석강호 포함 12명이 2조.

신청자 명단이 있어서 강찬과 석강호가 각자 팀을 골랐는데 강찬은 최종일과 우희승, 이두범을 포함시켰다.

"강찬 씨, 원장님이 개인적으로 전해 달라는 말씀이 있었습니다."

준비를 모두 마쳤을 때, 링거를 팔에 꽂은 채로 탁자에 앉아 있던 김형정이 강찬을 바라보았다.

"혹시 정말 위급한 순간이 오면, 원장님을 핑계 대시랍니다. 국가정보원 원장이 개인적으로 지시한 일로 처리해 달라고."

이런 사람들이 있으니까 그나마 유라시아 철도가 연결된 걸 거다.

"알겠습니다."

대답하는 강찬이나, 답을 들은 김형정이나 그런 일이 없을 거라고 생각하는 거다.

⚜   ⚜   ⚜

하루가 바쁘게 지나갔다.

아파트에 돌아왔을 때는 오후 6시가 채 안 된 시간이었다.

월화 드라마를 하고 있어서 강찬은 일찍 집에 들어갔다.

찜찜한 기분이 풀리지 않는 게 걸렸지만, 딱히 어쩔 방법은 없었다.

아직 강대경과 유혜숙은 퇴근하기 전이었다.

옷을 갈아입고, 간단하게 씻고 나왔을 때 현관문이 열리며 두 사람이 들어섰다.

"다녀오셨어요?"

"일찍 왔네?"

"예. 피곤하시죠?"

"아들 보니까 피곤이 싹 풀렸어."

실제로도 유혜숙은 강찬이 집에 있는 것이 기쁜 얼굴이었다.

강대경과 유혜숙도 옷을 갈아입었고, 세 사람이 나서서 저녁을 준비했다.

국과 냉장고에서 꺼낸 반찬, 그리고 김을 꺼내 먹는 식사였다.

"수요일부터 증평에서 며칠 있을지 몰라요."

"증평? 증평에는 왜?"

강대경이 강찬의 말을 받았다.

"정부 직원들하고 하는 워크숍 같은 거래요. 함께 일할지 모를 사람들하고 얼굴도 보고, 할 일도 점검하려구요."

"일하기로 한 거니?"

"예. 어차피 해야 할 일이라면 피하지 않고 적극적으로 해 볼 생각이에요."

"나쁘지 않구나."

강대경은 고개를 끄덕여 주었다.

걱정하는 유혜숙을 달래 가며 저녁 식사를 마쳤다. 설거지는 강대경이 했고, 강찬은 차를 준비했다.

"오늘 드라마 하지?"

물기를 주방 수건에 닦으며 강대경이 거실로 나왔다.

이런 모습은 낯설다. 원래부터 TV를 잘 보지 않은 것도 있고, 남자가 드라마를 챙기는 모습도 그렇고.

셋이 앉아서 잠시 이야기를 나누는 동안 드라마가 시작되었다.

은소연의 역할이 정말 좋았다. 역경을 이겨 내며 꿋꿋한 모습을 보이는 게 절로 마음에 들었다.

"어머! 쟤가 정말 나오네?"

드라마 중간에 유혜숙 친구의 딸이 나왔다.

강찬이 보기에도 역시 주연급은 아니었는데, 어색하지 않게 잘 지나간 느낌이었다.

드라마가 끝나기도 전에 유혜숙의 전화기가 울려 댔다.

"봤어. 정말 예쁘게 나오더라. 고맙기는! 그래, 얘."

당사자 외에도 몇 명의 전화가 더 있었다.

유혜숙은 행복한 모습이었다.

이런 행복을 지켜 주겠다는 생각을 할 때 드라마가 끝났다.

웅웅웅. 웅웅웅. 웅웅웅.

책상에서 전화기가 울려서 강찬은 서둘러 방으로 들어갔다.

[차니, 드라마 봤어?]

"응. 집에서 부모님과 함께 봤어."

[괜찮으면 나랑 맥주 마셔.]

"그럴까?"

토요일에 어설프게 헤어진 것도 있어서 강찬은 약속을 하고 거실로 나왔다.

"미쉘 잠깐 만나고 올게요."

"드라마 끝나서 그런 모양이다. 다녀와라."

강대경과 유혜숙에게 말을 하고 강찬은 옷을 갈아입었다.

"다녀올게요."

미쉘이 집 앞으로 오기로 했다.

밖으로 나온 강찬은 전화를 걸어 경호 상태를 확인했다.

이상은 없었다.

 미쉘과 만난 시간은 9시였다.

 아파트 앞에서 기다리다 함께 차를 타고 압구정동의 와인 바로 향했다.

 확실히 미쉘은 이런 곳을 잘 안다.

 2층에 자리한 '재즈 인 크라우드'에 들어섰을 때, 4인조 밴드의 반주에 맞춰 뚱뚱한 중년 여자의 노래가 흘러나오고 있었다.

 구석 자리에 앉았고, 주문도 미쉘이 했다.

 '썸머 타임'이란 노래가 끝나자 박수가 터져 나왔는데, 그때쯤 와인과 치즈 안주가 나왔다.

 "여긴 담배 피워도 돼."

 미쉘은 강찬과 맞춘 것처럼 검은 정장에 하얀 셔츠 차림이었다.

 와인을 따라 한 모금 마시고 담배에 불을 붙였다.

 "미쉘."

 파란 눈동자가 강찬을 향했다.

 "수요일부터 정부에서 하는 일을 제대로 해 볼 생각이야. 연락이 안 될 수도 있고."

 껌벅껌벅.

 서양 년들은 태생적으로 속눈썹 진짜 길다.

 "나 때문에 미쉘이 위험해질 수도 있어. 이거."

강찬은 준비해 왔던 압정 형태의 발신기를 탁자에 올려 놓았다.

"어머니는 손지갑에 꽂던데 그걸 미쉘이 늘 가지고 다니는 물건에 꽂아. 그러면 미쉘이 어디 있는지 내가 알 수 있어."

미쉘은 핸드백을 열어 손지갑을 꺼낸 다음, 곧바로 핀을 꽂았다.

"이렇게?"

"응."

강찬은 나직하게 한숨을 내쉬었다.

"차니."

미쉘이 기다란 손가락으로 담배를 재떨이에 껐다.

"위험한 일이어도 당신이 지금 같은 눈빛으로 선택한 일이라면 난 괜찮아. 언제고 당신이 힘들 때 쉬었다 갈 수 있는 곳이 나였으면 좋겠어. 물론 부모님 다음으로."

"미안하다."

"알아. 하지만 내가 기뻐서 하는 일이야. 부담 주기 싫으니까 내 걱정 말고 일해. 대신 한 달에 두 번은 잊지 마"

미쉘이 짓궂은 표정으로 말을 해서 강찬은 풀썩 웃었다.

"한 달이라도 그냥 넘어가면 다음 달엔 더 강한 걸 요구할 거야. 난 당신이 점점 멋진 남자로 성장하는 게 싫지만, 정말은 그래서 당신에게 빠져든 건지도 몰라."

"간지럽다."
"바람둥이!"
"내가?"
"예쁜 여학생에, 은소연에, 김미영, 그리고 나!"

허은실은 말도 안 되는 이야기고, 은소연은 알지도 못하는 거다. 억울했지만 변명하기도 그렇다.

미쉘이 웃으며 얼굴을 가져왔다.

프랑스 애들은 이야기하다가 이런 거, 그냥 생활인 거다. 강찬이 가볍게 입을 맞춰 주자 미쉘이 활짝 웃고는 자세를 바로 했다.

멋지게 차려입은 사람들이 무척 많았는데 미쉘을 향한 시선은 여기도 별반 다르지 않았다.

"내가 미쉘의 위치를 확인하려 들 정도로 위험한 일이 있을지 몰라. 가능하면 혼자 다니지 말고, 외딴곳이나 업무 때문이라도 모르는 사람과는 둘이 있지 않는 게 좋아."

"차니, 나 다음 달에 생일이야."

염병! 기껏 위험하다고 얘기하고 있는데!

미쉘이 기대에 가득 찬 눈빛으로 엉뚱한 소리를 지껄였다.

"생일 선물은 알지?"
"뭐?"

정말 모른다.

"하룻밤. 1년에 그날 하루. 그건 거절하지 마."

하아!

강찬은 심오하게 숨을 내쉬었다.

이럴 땐 화제를 빨리 바꾸는 게 좋다.

"미쉘, 빌딩을 하나 살까 해. 그걸 좀 알아봐 줘."

"빌딩?"

강찬은 얼마 전에 석강호가 사기당한 일을 설명했다.

"금액은 얼마나?"

"글쎄. 천억까지는 부담 없겠는데?"

이번엔 미쉘이 심오한 표정으로 숨을 내쉬었다.

"내가 필요한 게 2개 층쯤 돼. 그 외에 강유모터스하고 어머니 재단, 그리고 디아이도 그 빌딩으로 들어오면 좋겠고."

"차니가 필요한 시설은?"

"지하로 내려가는 전용 엘리베이터, 별도로 사용할 수 있는 지하 주차장, 운동 시설, 샤워 시설."

"침실!"

미쉘이 얼른 말을 덧붙였다.

"그럼 내부를 거의 새로 꾸미다시피 해야겠네."

"그런가?"

강찬이 고개를 갸웃할 때 미쉘은 아예 고개를 저어 댔다.

"차니, 기존의 건물은 그렇게 지어진 게 거의 없어. 차라리 적당한 땅을 사서 새로 짓는 게 나을 거야."

"시간이 너무 걸리지 않냐?"

"알았어. 내가 알아볼게. 돈은 준비된 거지?"

"쎄실에게 있어."

미쉘이 '아후!' 하며 한숨을 내쉬었다.

"내가 너무 잘난 남자와 사랑에 빠진 거네."

무대에 새로운 반주자들이 올라가 음악을 준비했다.

미쉘은 자기 옆자리를 가리켰다. 연주를 보자는 뜻일 거다.

강찬이 옆자리에 앉자 미쉘이 몸을 기울여 강찬의 상체를 안았다.

'플라이 미 투 더 문'의 연주가 감미롭게 흘러나왔는데 재즈가 괜찮다는 것을 처음 알았다.

"차니, 위험한 일은 하지 마."

미쉘이 강찬의 몸을 꼭 끌어안았다.

"아버님, 어머님과 차 마실 때 알았어. 두 분은 당신이 하는 일, 자랑스러워하시면서도 불안해하셔. 나도 그렇고. 정말 위험한 순간이 오면 두 분 먼저 떠올리고, 나도 생각해 줘. 알았지?"

"그래."

강찬이 오른팔을 들어서 미쉘의 머리를 쓰다듬었다.

"내 머리가 성감대인 건 어떻게 알았어?"

강찬이 화들짝 놀라자 미쉘이 짓궂게 웃었다.

"바보! 다음 달 생일이 유일한 요구라니까."

하아! 이런 건 역시 미쉘의 적수가 아니다.

두 번째 음악이 나올 때였다.

사회자가 춤을 즐기실 분을 위한 곡이라고 설명하자 서너 커플이 무대 앞의 공간으로 나섰다.

"나가자."

"엉망인데?"

"맡겨 주세요."

미쉘이 강찬의 손을 당기며 일어섰고, 시선이 삽시간에 달려왔다.

이건 뭐.

무대로 나간 미쉘은 강찬의 재킷 안에 두 팔을 뻗어 아예 안기다시피 했다. 등을 감싸 주었을 때 미쉘의 몸이 뜨겁게 느껴졌다.

가슴의 감촉이며, 아래로 느껴지는 몸까지.

부러움과 시샘이 가득한 시선 앞에서 미쉘은 부담스러울 정도로 몸을 꼭 붙이며 강찬을 파고들었다.

혼자서 강찬을 바라고 사랑하면서 이런 순간에 위로받고 있다는 느낌이었다.

강찬은 미쉘의 머리에 고개를 숙이고 부드럽게 안아 주었다. 정장 바지를 통해 전해지는 감각이 마치 맨살처럼 느껴졌다.

미쉘이 고개를 들었다.

강찬이 웃었을 때 미쉘이 고개를 저었다.

"키스해 줘."

"사람들이 너무 많아."

"그럼 내 생일은 함께 있겠다고 약속해."

나직하게 한숨이 나왔다.

음악 참 더럽게 길다.

"알았다."

답을 했을 때 음악이 끝났다.

미쉘이 아쉬운 표정을 지었는데, 주변에 있던 놈들이 비슷한 표정으로 한숨을 내쉬었다.

자리로 돌아왔을 때 미쉘은 촉촉하게 젖은 눈이었다.

"행복해."

이런 건 대꾸하기 어렵다.

"차니, 혹시 시간 되면 부모님과 주말에 제주도라도 다녀와."

"제주도?"

"그래. 돈이 아쉬운 것도 아니고, 부모님께 좋은 추억도 선물할 겸. 두 분은 아마 먼저 그런 말씀 못하실 거야."

"바쁘셔서 그런 거 아닐까?"

"이거 봐. 차니는 이런 거 정말 몰라. 두 분은 차니에게 부담될까 봐 말씀 못하시는 거야. 이럴 땐 주말에 어디 같이 가고 싶어서 그런데 시간 내 달라고 하고 깜짝 여행 가는 거야. 내가 예약할게."

강찬이 멀뚱멀뚱하게 바라보자 미쉘이 재미있다는 듯 웃었다.

나쁘지 않은 생각이다.

제주도라?

훈련이 끝나면 주말에 시간을 만들 수 있을 거다.

⚜ ⚜ ⚜

행복해하는 미쉘을 보내고 택시로 집에 돌아왔을 때는 12시가 살짝 넘어간 시간이었다.

어쩐 일로 강대경과 유혜숙은 거실에 있었다.

"안 주무셨어요?"

"어! 이제 자야지."

혹시나 미쉘과 함께 잘까 봐 걱정했던 건가?

강찬은 속으로 웃고 말았다.

"참, 주말에 모시고 가고 싶은 곳이 있는데 시간 괜찮으세요?"

"주말에? 토요일? 일요일?"

"토요일 아침에 갔다가 일요일에 올 수 있을 것 같은데요?"

강대경과 유혜숙이 시선을 마주쳤다.
"나는 괜찮아. 당신은 어때?"
"난 바쁠 일 없어, 여보. 어디 가는데, 아들?"
"비밀로 하려는데요?"
"옷이랑 준비해야지. 펜션에 가려는 거야?"
"아뇨. 하여간 비밀이에요. 시간은 되시는 거죠?"
"응. 당신 정말 괜찮아?"
유혜숙의 질문에 강대경이 고개를 끄덕였다.
처음 보는 거구나 싶을 정도로 유혜숙은 설레는 얼굴이었고, 강대경은 무언가 힌트를 원하는 듯한 표정이었다.
확실히 이런 건 미쉘이 정말 한 수 위다.
강찬은 적당히 씻고 침대에 누웠다.

⚜ ⚜ ⚜

화요일은 석강호와 둘이 만나 역시나 미사리로 향했다.
"어젯밤에 미쉘 만나서 빌딩 알아보라고 했다."
"잘 생각하셨소."
멀리 보이는 강가로 붉은 잎들이 보이는 계절이었다.
직원이 커피를 가져다주자 자연스럽게 담배로 손이 갔다.
"그나저나 몸은 어떠냐?"
"대충 나았소."

"하루 만에?"

"어제 헤어지고 병원에 가서 꽁꽁 싸매 달라고 했거든요. 상처 핑계로 날 뺄 생각은 마쇼."

"알았으니까 무리하지 마라. 괜히 작전 나갈 때 싸매고 누워서 피곤하게 하지 말고."

"대장."

석강호가 진지하게 강찬을 불렀다.

이 새끼가 분위기를 바꾸려고 이러는 거겠지?

강찬의 의심스러운 눈초리에도 석강호는 꿋꿋했다.

"학교에서 오늘 전화 왔었소."

"학교에서? 왜?"

또 불러내려고 그러나 싶어서 걱정이 앞섰다.

"친하게 지내던 선생이 안부 삼아 전화한 거요. 애들이 병원에 엄청 간다고 합디다. 수진이 부모님은 말할 것도 없고, 수진이도 마음이 많이 풀렸다고. 혹시 정부 쪽에 부탁해서 수진이 다시 학교에 나오게 해 줄 수 없겠소?"

"그냥 다시 다니겠다고 하면 되는 거 아니냐?"

"휴학이 아니라 자퇴는 쉽지 않아요. 교육청이나 뭐 이런 곳에서 힘을 써 주면 가능할 것 같아서 그렇소."

"야! 어차피 수진이 1년은 넘게 입원해야 한댔잖아."

"허락만 하면 방법이 있나 봅디다. 수진이 아버님이 교수라 여기저기 알아보고 있는데, 그 양반 힘으로는 아무래도 어려운 모양이오."

강찬은 고개를 갸웃했다.

"알아보자."

"그래도 신기하잖소. 난 사실 호준이나 은실이, 사람 못 될 줄 알았소. 병원에서 퇴원한 놈들도 얌전히 학교 다닌답디다. 푸흐흐, 호준이 놈이 꽉 틀어쥐고 숨도 못 쉬게 한다던데."

"걔들이 정말 정신 차린 거겠냐?"

"못한 건 못했다고 하는 게 맞고, 잘한 건 잘했다고 해 줘야 하는 거 아니오?"

그런가?

"내일 훈련 다녀와서 생각하자."

"하긴. 말이 나와서 한 거요."

뭔가 당한 거 같은 느낌에 강찬은 석강호를 지그시 보았다.

"왜 그러쇼?"

"아무리 그래도 몸뚱이 안 나으면 함께 못 간다."

"어허! 내일 보면 알 거 아니오?"

석강호가 뻔뻔스러운 얼굴로 커피 잔을 입에 가져갔다가 '아! 뜨거!' 하며 흘렸다.

점심을 같이 먹고, 역시 삼성동 사무실로 향했다.

김형정은 아예 상심한 얼굴이었다.

"왜 그러세요?"

"같이 못 간다고 생각하니까 억울해서 그렇습니다."

"앞으로 계속할 건데요, 뭘."

상심이 커 보이지만, 그렇다고 무리하라고 할 몸 상태는 아니었다.

"준비는 모두 끝났습니다. 3공수 여단장이 전 실장님 직계이고, 김태진 그 친구와 저의 한 기수 아래입니다. 조금 전에 연락 왔었습니다."

김형정이 아쉬운 얼굴로 서류를 들여다보았다.

"몽골에서 두건 사이로 보았던 강찬 씨의 눈과 석 선생의 모습이 지금도 선합니다. 강찬 씨는 소총을 겨눈 채로 뒤로 물러났지요. 후! 함께하고 싶어서 숨이 껙껙 막히는 기분입니다."

놀러 가는 거라면 덥석 들어서 함께 가고 싶은 심정이었다.

"작전 날짜까지 어떡해서든 일어날 겁니다."

김형정이 시선을 들었는데 눈빛이 번들번들했다.

"기대할게요."

"고맙습니다. 살면서 대한민국의 국가정보원이 응징을 가하는 날이 올 거라고는 생각 못했습니다."

"전 실장님 말씀으로는 다섯 번인가 준비했다가 결국 못 하셨다고 하던데요? 아직 출발한 게 아니니까 출발할 때까지는 모르는 일이잖아요."

"프랑스 정보총국이 나서고, 바실리가 침묵한다면 반쯤 성공한 일입니다. 전 실장님이 준비하실 때는 눈치 보느라 이렇게 훈련조차 마음 놓고 하지 못했었습니다."

김형정이 커다랗게 숨을 내쉬었다.

"고맙습니다. 정말 고맙습니다, 강찬 씨."

"얼른 일어나세요. 가능하다면 함께 가고 싶습니다."

"그러겠습니다."

김형정이 짧게 고개를 끄덕이며 답을 했다.

"조심해서 다녀오십시오."

"네."

김형정이 내민 손을 강찬이 꽉 잡아 주었다.

맞잡은 손을 통해 그가 지니고 있는 염원이 그대로 전달되는 느낌이었다.

삼성동 사무실을 나와 석강호의 치료를 위해 함께 병원으로 향했다.

오후 3시쯤 된 시간이었다.

기다릴 것 없이 바로 진료실로 들어갔는데 유헌우가 있었다.

"어? 강찬 씨, 오른손 붕대를 벌써 풀었어요?"

"이거요? 이렇게 잘 움직이는데요?"

그러고 보니 김형정과 악수할 때는 아픈 줄도 몰랐다.

유헌우는 고개를 저으며 석강호의 붕대를 풀었다.

"몸을 많이 움직이셨네. 이대로라면 오래가겠는데요? 그나마 여름이 지나서 다행이지, 안 그랬으면 다시 입원하시라고 했을 겁니다."

강찬은 석강호를 노려보았다. 가고 싶어서 거짓말을 한 거다.

"선생님, 하나도 안 아픕니다."

뻔뻔한 말을 하는 석강호의 상처를 유헌우가 꾹 눌렀다.

"아!"

"거 보세요. 부어올랐어요. 요 며칠 계속 몸을 썼다는 뜻인데요? 염증이 생길 수도 있습니다."

유헌우는 물러나지 않았다.

핀셋으로 소독약에 적신 솜을 집어 상처를 소독했는데, 그때마다 석강호는 눈을 부릅떴다.

"제 피를 좀 넣으면 어떨까요?"

"예?"

유헌우는 놀란 소리를 냈고, 석강호는 고개를 홱 돌렸다.

"둘이 꼭 가야 할 곳이 있습니다. 지금 제 피를 수혈하고 오늘 밤 자고 나면 좀 더 빨리 낫지 않을까 싶어서요. 생각해 보니까 저도 자고 나면 훨씬 상태가 좋아지곤 했거든요."

"흐흠."

유헌우가 고개를 갸웃했다.

"해 보시죠. 반드시 같이 가고 싶은데 다른 방법은 없는 거잖아요."

"강찬 씨만 좋다면 해 보고 싶습니다. 우리 선생님은 어떠십니까?"

"저야 반대할 이유가 없지요."

"그럼 그렇게 해 봅시다. 언제 출발입니까?"

"내일이요."

유헌우가 인상을 찌푸리며 고개를 저었다.

"항생제 처방을 좀 강하게 하겠습니다. 하지만 여기서 더 상태가 안 좋아지면 바로 병원으로 와야 합니다. 정말 위험할 수 있어요."

"알겠습니다."

소독하고 약을 바른 다음, 붕대를 감은 뒤에 수혈을 했다.

대략 40분쯤 걸려서 과정이 끝나자 유헌우가 차 한잔할 수 있냐고 물었다.

셋이 앉은 자리다.

"학교에서 학생들이 계속 찾아왔었습니다."

"그 얘기는 들었어요."

"의외로 수진이 상태가 빠르게 호전되고 있습니다. 솔직히 강찬 씨의 효과라고밖에 설명할 수 없을 만큼 회복이 빠릅니다. 그 외에도 정신적으로 안정을 찾은 것도 있구요."

"잘됐네요."

"의사로는 실격이지요."

찻잔을 들고 있던 강찬은 의아한 눈으로 유헌우를 보았다.

"상태가 호전됐다고 해도 부작용을 알지 못하는 상태에서 수혈을 한 거니까요. 오늘은 더 그렇습니다. 목숨이 위태로운 것도 아닌데 수혈을 했습니다."

의사들은 이렇게 생각할 수도 있는 거구나.

강찬은 새롭게 배우는 느낌이었다.

"고맙다는 말을 하고 싶었습니다. 의사로 실격이든 아니든, 방법이 없던 학생을 살린 것만큼은 강찬 씨에게 진심으로 고맙게 생각합니다."

이 구렁이는 하여간 고맙다는 말도 참 어렵게 한다.

"학생들이 강찬 씨 이야기를 했다더군요. 중환자실 앞에서 며칠을 2시간이 넘게 무릎을 꿇고 있다가 갔습니다. 그걸 보고서 수진이 부모님 마음이 풀린 거구요. 강찬 씨를 치료한 보람을 그때 제대로 느꼈습니다."

"그 전엔 못 느끼셨구요?"

강찬이 말을 하고 웃자 유헌우가 따라 웃었다.

"고맙습니다."

하고 싶은 말을 한 유헌우는 후련한 얼굴이었다.

기분 좋게 차를 마시고 병원을 나섰다.

"어? 이상하게 졸립소."

"약을 세게 놨나 부다. 얼른 가자. 내가 운전할게."

아닌 게 아니라, 석강호는 눈이 축 늘어졌다.

석강호의 주차장까지 차를 운전해 놓고 강찬은 걸어서 집으로 향했다.

저녁은 집에서 먹었고, 함께 드라마를 본 다음 잠이 들었다.

⚜ ⚜ ⚜

수요일 오전이다.

강대경과 유혜숙이 잘 다녀오라며 출근한 다음 강찬은 석강호와 아파트 앞에서 만났다.

최종일까지 뒤에 대기하고 있어서 시간을 길게 끌 것도 없었다.

길 건너편 커피 전문점에서 커피를 사 와서 나누고 증평으로 출발했다.

"대장, 정말 신기하우."

"뭐가?"

"수혈받고 집에 가서 저녁 먹은 거 말고는 계속 잤거든요. 그랬더니 아침에 정말 벌어진 상처가 하나도 없는 거요."

"정말이냐?"

강찬이 의심스럽게 쳐다보자 석강호는 억울한 얼굴이었다.

"이따가 보쇼. 상처가 다 아물어 있다니까요."

하긴. 실제로 강찬은 매번 그랬다.

"대장이 하룻밤 만에 붕대 풀 때 이해 못하겠더니 겪어 보니까 확실히 알겠소."

"야! 나는 피만 팔아도 부자 되겠다."

"에이! 이거 소문나면 큰일 나겠소."

"너만 조용하면 아무 일 없어."

고속도로에 들어서자 평일이라 그런지 길이 제법 뚫렸다.

출발하고 2시간이 채 못 돼서 내비게이션이 가리키는 곳에 도착했는데, 산으로 들어가는 비포장도로를 군인들이 막고 있었다.

"어떻게 오셨습니까?"

군인이 강찬과 석강호의 신분증을 확인하고 바리케이드를 치워 주었다.

안으로 들어서자 주차장인 듯한 공간에 군용 트럭 4대와 지프 2대, 그리고 콘크리트 막사 2동이 있었다.

강찬과 석강호, 그리고 최종일 일행이 차에서 내리자 막사 안에서 장교들이 나왔다.

최종일이 먼저 인사했는데 이미 안면이 있는 눈치였다.

"강찬 씨?"

"제가 강찬입니다."

"3공수 최성곤 준장입니다."

악수를 하고 난 최성곤은 다시 석강호와 인사를 나눈 뒤 조금 전에 나왔던 막사로 두 사람을 안내했다.

"자네들도 들어와."

"저희는 여기 있겠습니다."

"그래! 그럼 이리로 차를 가져다줄까?"

"오면서 마셨습니다."

최성곤은 더 권하지 않고 안으로 향했다.

흔한 소파도 없는 야전에 딱 어울리는 단출한 방이었다.

중위가 빠르게 봉지 커피를 타서 탁자에 놓아주었다.

"전 실장님과 김 선배께 말씀 들었습니다. 선발하신 대원들은 옆방에 대기하고 있고, 방어조를 할 우리 대원들은 모두 중사급 이상으로 선별했습니다."

"감사합니다."

"차 드시죠."

최성곤이 검게 탄 얼굴을 들어 강찬과 석강호를 살폈다.

봉지 커피는 나름의 각별한 맛이 있다.

산속이라 서늘한 기운이 풍겼는데 그래서인지 커피가 더 맛있었다.

종이컵을 내려놓자 최성곤이 자리에서 일어났다.

"옆방에 군복과 장비를 준비해 두었습니다."

하여간 야전에 있는 군인들은 다 비슷하다.

뭐든 직선인 거.

강찬과 석강호를 안내해 옆 막사로 들어가자 대원들이 자리에서 일어났다.

검은색 군복에 검은색 베레모. 그리고 왼쪽 팔뚝 위에 붙은 태극기.

"이분이 강찬 씨, 이분이 석강호 씨다."

최성곤의 소개에 따라 시선들이 달려왔다. 경계하는 눈빛에 호기심이 묻은 느낌이었다.

"복장을 갖추고 나오십시오."

최성곤은 그대로 막사를 나갔다.

왼편 관물대 앞에 2벌의 군복이 걸려 있었다.

남자들만 있는 곳이다.

가릴 것도 없어서 강찬과 석강호는 곧바로 관물대로 올라가 군복으로 갈아입었다.

강찬은 온몸이 흉터투성이고, 석강호는 흉터 위에 붕대를 감았다.

옷을 갈아입고, 베레모를 어깨에 꽂아 넣은 다음, 군화를 신었다.

"1조?"

강찬의 질문에 당장 대꾸가 없었다.

"1조?"

두 번째 불렀는데도 여전히 답은 없었다.

특수군이라는 소리다.

부리고 싶으면 존중하라는 뜻이고, 최소한의 예의를 갖추라는 의미가 맞다.

피식.

강찬은 고개를 설레설레 저었다.

석강호가 슬쩍 눈치를 보았을 때 강찬은 마음을 접었다.

전대극과 김형정이 워낙 사명감이 어쩌고저쩌고해서 너무 기대했던 모양이다.

"다예, 옷 챙겨라. 간다."

석강호가 군화를 신은 채로 침상에 올라가 옷을 들고 내려오자 강찬은 곧바로 막사를 나왔다.

군복을 입은 최종일과 우희승, 그리고 이두범이 막사 앞에서 기다리고 있었다.

"최종일."

"예."

군복을 입어서인지 대답이 좀 더 단단했다.

"돌아간다."

"예?"

"돌아간다고. 앞으로 석강호와 너희 셋만 포함할 거고, 나머지는 내가 알아서 구할 테니까 그렇게 해."

최종일이 눈치를 볼 때 석강호는 두말 않고 운전대에 올랐다. 강찬이 조수석으로 움직일 때까지 최종일은 고개만 돌리고 있었다.

"최종일."

"예."

"너도 안에 있는 새끼들처럼 일일이 설명해야 따를 생각이면 여기서 집어치워!"

말을 마친 강찬이 조수석에 오르자 석강호가 바로 차를 몰았다.

최성곤이 급하게 나오는 것이 보였고, 최종일과 우희승, 그리고 이두범이 빠르게 차에 오르는 것도 보였다.

오버한다고?

지랄한다.

프랑스 용병도 부르면 답은 한다.

아니꼽고, 더럽고, 치사해도 명령이 내려진 상태에서 답을 안 하는 군인은 없다.

대한민국의 온갖 특수훈련을 다 완수한 놈이라도 대답조차 안 하는 놈을 데리고 작전에 나서고 싶은 마음은 없었다.

실력을 먼저 보여 달라고?

왜? 왜 그렇게까지 하면서 데려가야 하는데?

전화기가 울려 댔지만, 강찬은 꺼내지도 않았다.

제8장

여기서 뭐하세요?

최성곤은 사무실 탁자에 앉아서 전화를 받았다.

"저도 이유는 모르겠습니다만, 젊은 친구가 교만하게 굴다가 대원들이 뜻대로 되지 않으니까 돌아간 것 같습니다."

[최성곤, 너 혹시 코드 에이 때렸어?]

"선배님, 그것과 상관없이 특수팀을 이끌려면 먼저 실력을 입증해야 하는 게 이 바닥 아닙니까?"

수화기 건너편에 커다랗게 한숨을 쉬는 소리가 들렸다.

[최성곤 준장.]

"선배님?"

[별을 달더니 내 안목에 대해 충고를 할 정도로 성장한 줄 몰랐다. 국가 기밀이라 더 말하지 못하지만 강찬 그 친구를

다시 부를 수만 있다면 나하고 김태진이, 그리고 김형정이는 무릎이라도 꿇을 거다.]

최성곤이 의아하고 당황한 표정으로 부관을 보았다.

[이 시간 이후로 최성곤은 내 후배가 아니다. 대한민국의 군인으로 국가를 위해 봉사해야 하는 장군이 한낱 자존심 때문에 대사를 망치다니. 너 같은 사람을 후배라고 자신 있게 추천한 내가 부끄럽다.]

"선배님! 지금 대기하고 있는 애들은 그 어떤 적과 붙어도 뒤지지 않는 강인한 군인들입니다."

[멍청아, 강찬 그 친구가 마음먹었다면 거기 있는 놈들은 모조리 죽었다. 한 가지만 말해 주마. 나하고 김태진이, 그리고 김형정이가 한꺼번에 달려들어도 그 친구를 어쩌지 못한다. 나이를 먹어서 그런 거라고 생각하지 마라. 최종일이가 마음으로 굴복했다. 거기 있는 놈들 중에 최종일보다 뛰어난 놈이 있다고 자신할 수 있나?]

"그럴 리가?"

인내하는 듯한 숨소리가 들린 후로 전화가 끊겼다.

최성곤은 믿을 수 없다는 표정으로 버튼을 눌러 방금 통화한 사람이 전대극이 맞는지를 확인했다.

"이게 도대체 무슨 일이지?"

최성곤은 번호를 뒤져 통화 버튼을 눌렀다.

통화가 연결되자 이번에도 참기 위해 애쓰는 숨소리가

먼저 들렸다.

"선배님, 최성곤입니다. 강찬이 얘가 도대체 뭐기에 전 실장님께서 저렇게 화를 내시는 겁니까? 선배님! 여기 있는 애들 실력이……."

[최성곤.]

"예! 선배님."

[국가 기밀이라 내 입으로 떠들진 못한다. 이거 하나만 알아 둬라. 강찬 씨가 전화 한 통화만 하면 프랑스 외인부대, 러시아의 스페츠나츠가 최정예 팀을 보낸다. 그런 사람이 대한민국을 위해서 희생하겠다고 나서는 걸, 네가 돼먹지 않은 자부심으로 되돌려 보낸 거다.]

"아직 어린앱니다."

[넌 별을 달더니 전 실장님과 나의 판단을 그 정도로 평가하고 있었구나. 최성곤 준장, 만약 네가 코드 에이를 묵인한 게 밝혀지면 넌 커다란 실수를 한 거다.]

"그런 거라면 미리 말씀을 해 주셨어야지요!"

[넌 정말 썩어빠진 군인이 됐구나. 전대극 실장님의 말 한마디를 목숨 걸고 믿던 최성곤은 어디 간 거냐? 별 하나 달고 3공수 끌어안고 있으니까 세상이 만만한가 본데.]

나직하게 숨을 내쉬는 소리가 들렸다. 그리고 전화가 끊겼다.

"도대체 강찬이 이 새… 이 친구가 뭐기에 국가 기밀이라는 거야!"

최성곤이 화가 난 눈으로 부관을 노려보았다.

"현재 알 수 있는 건 유라시아 발표회장에서 초대 설립위원장과 함께 있었다는 것 외에는 특이 사항이 없습니다."

"전 실장님이나 김 선배가 대통령에게 아부하기 위해서 저럴 리는 없는 사람이고. 휴우, 이거 미치겠네."

이를 꽉 깨문 최성곤이 창가에 다가섰다.

'빌어먹을!'

최성곤은 이제야 강찬의 눈빛이 떠올랐다.

⚜ ⚜ ⚜

"복장이 이래서 휴게실도 못 들르겠소."

석강호가 툴툴거리는 바람에 강찬은 웃음이 풀썩 났다.

아닌 게 아니라, 시커먼 군복에 군화까지 신었는데 표식은 왼팔 상단에 태극기 하나가 전부다.

"전화라도 받지 그러쇼?"

"관둬. 차라리 잘됐다. 누군가는 죽을지 모르는 길에 가는 건데 내키지 않는 놈들을 선발해서 가는 건 싫다. 우린 자원해서 죽을 길을 찾아다녔던 거잖냐? 그런 놈들이 죽어도 견디기 어려운데, 뭣도 모르는 놈들 끌고 가서 희생되면 정말 힘들 것 같다."

"에이, 쟤들이 몰라서 그렇지, 알고 나면 달라질 거요."

강찬은 피식 웃으며 군복을 보았다.

"사람을 죽여 보지 못한 놈이 반이 넘어. 저런 걸 끌고 가서 뭐하게?"

"대답을 안 할 때는 몇 놈 팔 부러지나 싶었소."

"그래서 뭐하냐? 그런다고 달라질 거 같지도 않은데."

석강호가 힐끔 강찬을 보았다.

"돼먹지 않은 자부심으로 똘똘 뭉쳐 있는 놈들은 외인부대 병아리만큼도 쓸모가 없어. 실전에 나가면 제 실력 믿고 좌충우돌하다가 다 죽일 거다. 물러서지 않는다고 의지가 강한 게 아냐. 명령을 따르느냐, 아니냐가 중요하지."

석강호가 고개를 설레설레 저었다. 거들먹거리는 신병이 왔다가 강찬에게 두들겨 맞을 때가 떠올랐다.

누구보다 끔찍하게 얻어맞은 게… 말할 필요가 없다.

"나는 왜 그렇게 두들겨 가며 챙긴 거요?"

강찬이 픽 하고 웃으며 석강호를 보았다.

"나처럼 외로운 놈이었으니까."

"하긴, 대장이 끌어 주지 않았으면 벌써 뒷골목에서 죽어 나자빠졌겠지."

말을 하는 동안 전화가 쉼 없이 울렸다.

"어디 세워 봐라. 옷이나 갈아입자."

"알았소."

5분쯤 더 가자 도로 한쪽에 쉼터가 나왔다. 차를 세우자 최종일의 차가 바로 뒤에 섰다.

"옷 갈아입어. 가는 길에 어디 가서 닭이나 한 마리 삶아 먹고 가자."

무언가를 말하려던 최종일이 얼른 차에서 옷을 꺼냈다.

승용차의 앞뒤 문을 활짝 열어 칸막이처럼 활용한 다음, 재빨리 옷을 갈아입었다.

이왕 선 김에 바쁠 것도 없으니 담배도 하나 피우고.

강찬과 석강호가 담배를 물자, 최종일이 다가왔다.

"전 실장님께서 전화 좀 받으라십니다."

"지금 통화하면 화가 날 것 같아서 그래. 출발하거든 전화드려서 오늘 기분 좀 풀고 올라간 다음에 찾아뵙겠다고 말씀드려."

"알겠습니다."

오늘 보았던 특수팀이 전대극, 김형정, 최종일 같은 모습일 거라고 기대해서 더 실망했는지 모른다.

하기야, 작전의 내용을 모른 채로 훈련에 차출되어서 강찬과 석강호를 삐딱하게 볼 수도 있다. 자존심 하나로 사는 남자들에게 고등학생과 체육 선생의 명령과 지휘를 받으라면 충분히 그럴 만도 하겠다.

하지만 바꿔서 말하면 언제고 그럴 수 있다는 게 문제다.

용병은 더럽게 말 안 듣는다. 마찬가지로 실력 차가 월등

하다는 걸 알기 전까지는 고개 숙이지 않는다. 그래도 그 새끼들은 부르면 대답은 한다.

마음가짐의 차이다. 아니꼽고 더럽지만, 명령에 따를 건지, 아니면 처음부터 삐딱할 건지.

하겠다고 덤빈 놈이 실력을 보여 달라면 오케이. 그러나 처음부터 삐딱한 놈들에게 내 실력이 이러니까 너희가 따라와 줘야 한다며 실력을 보인다?

강찬은 피식 웃었다.

"괜찮으시면 점심으로 매운탕 어떠십니까?"

차에 올라타려는데 최종일이 다가왔다.

"매운탕?"

"올라가는 길에 안성 쪽 저수지 근처에 매운탕 죽여주는 집이 있습니다. 거기서 점심 드시죠?"

나쁘지 않겠다.

석강호가 내비게이션 주소를 받았고, 바로 출발했다.

"대장, 정말 신기하우."

속도를 높인 석강호가 느긋하게 운전대를 잡으면서 입을 열었다.

"상처 말이오. 이제 가렵소. 캬하! 유 원장이 뭐라고 할지 벌써 궁금하우."

잘된 일인데 정말 석강호의 말대로 되었다면 소문이 나는 것과 부작용이 은근히 걱정스럽기도 했다.

한 시간쯤 고속도로를 달렸고, 다시 국도를 빠져나가자 한적한 시골길이 나왔다.

"캬하! 경치는 죽이네!"

왼편은 산이고, 오른편은 저수지다.

간간이 낚시꾼들이 펼쳐 놓은 낚싯대와 파라솔이 운치를 살렸다.

"그러고 보면 우린 낚시 한 번 못해 봤소."

강찬은 풀썩 웃으며 창문을 내렸다. 팔을 내밀자 시원한 바람이 들어왔다.

낚시? 돈가스 하나 사 먹을 여유 없이 살았다.

"여차하면 하루 자고 갑시다."

"전 실장님하고 김 팀장님 속 타 죽을 거다."

"푸흐흐흐, 전화 한 통 해 주면 되잖소. 밥 먹고 전화해요."

"알았다."

내비게이션이 목적지까지 100미터 남았다고 자상하게 안내했다.

"어? 저 양반, 전 실장님 아니오?"

코너를 돌았을 때 실제로 가게 앞 평상에 전대극이 앉아 있어서 강찬도 화들짝 놀랐다.

달칵!

문을 열고 나가자 덜컥 미안하다는 생각이 들었다.

"실장님! 여기서 뭐하세요?"

"그러게 왜 전화를 안 받아?"

이런 양반이 있다니!

식은땀을 흘릴 정도로 아픈 몸을 이끌고 여기까지 달려올 열성을 지닌 남자.

"죄송합니다."

"잘못한 거 같으면 매운탕 거하게 사!"

"알겠습니다. 우선 좀 들어가세요."

이런 남자에게는 머리를 숙일 수밖에 없다.

강찬과 석강호의 부축을 받으며 전대극이 안으로 들어갔다.

"최종일, 거기 밖에 있는 직원들도 다 들어오라고 해."

"예! 실장님."

전대극을 수행하고 온 듯한 두 사람이 가게로 들어왔다.

"여기 내 단골집이다."

"종일이한테 시키신 거네요?"

"안 그랬으면 계속 찾아다녀야 하잖아!"

방바닥이 뜨끈뜨끈했다.

늙수그레한 주인 내외가 벽에 기댄 전대극을 담요로 덮어 주고, 등에 받칠 베개까지 가져오며 살뜰하게 챙겼다.

"왜 이런 몸으로 돌아다녀요?"

"저 친구가 속 썩여서요."

주인의 안타까운 질문에 전대극이 웃으며 던진 대꾸였다.

"모처럼 왔으니까 매콤하니 부탁합니다. 밖에 애들도 배불리 주시고."

"알았어요. 시간 좀 걸려요."

강찬을 힐끔 본 내외가 전대극을 누에고치처럼 꽁꽁 싸맨 다음에 나갔다. 잠시 후에 주인 양반이 봉지 커피를 탄 컵 3개를 들고 와 놓아주었다.

"오래 다니셨나 봐요?"

"야전 때. 울적할 때면 와서 하루씩 자고 가고 그랬다."

"실장님도 울적하실 때가 있으세요?"

"왜? 난 감정도 없냐?"

뭔가 죄를 지은 것 같아서 강찬은 뒷머리를 쓸었다.

이런 남자를 고등학교 때 만났으면 절대로 아프리카로 가지 않았을 거다. 석강호 같은 선생이나 김형정, 김태진 같은 남자들이 끌어 줬다면.

강찬이 멋쩍게 플라스틱 컵을 볼 때였다.

밖에서 인사하는 소리가 들리더니 익숙한 목소리가 들렸다.

드르륵.

기가 막히다.

김태진이 김형정을 부축해서 들어오고 있었다.

놀란 주인 영감이 빠르게 옆방으로 들어갔다.

"아니, 왜들 이러세요?"
"자넨 몸도 아픈 사람이 왜 여길 왔어?"
"매운탕이 생각났습니다."
 김태진과 제대로 인사도 못한 채로 달려들어 김형정을 벽에 기대게 했다. 역시나 모포와 베개를 가져온 주인이 김형정을 기대게 하고 감싸 주었다.
 잠시 후, 커피가 2잔 들어왔다.
"재떨이 좀 주세요."
 김형정의 부탁을 들은 최종일이 얼른 재떨이를 방으로 가져왔다.
"거 보십쇼. 저를 빼고 일을 하니까 이렇게 되잖습니까?"
"너는 사업가 아냐?"
"서운한 말씀을 하십니까?"
 김태진이 전대극에게 서운한 마음을 표하고는 김형정을 노려보았다.
"이 친구야, 내려오는 동안 한 걸로 끝낸다면서?"
"서운하니까 그렇지!"
 상황이 이렇게 되자 뭔가 커다란 잘못을 저지른 느낌이었다.
"담배 피워."
"괜찮습니다."
"계급장 뗀 거야. 아니면 술 한잔할까?"

전대극의 말에 김형정이 모포 속에서 손을 뻗어 담배를 꺼내 입에 물었다. 편하게 해 주려는 거다.

강찬은 눈짓을 해서 방문을 열게 하고 담배를 들었다. 라이터를 든 석강호가 김형정과 강찬에게 먼저 불을 붙여 주고, 입에 물고 있던 담배에 불을 붙였다.

"코드 에이라고 있다."

전대극이 아쉬운 얼굴로 입을 열었다.

"새로 누군가가 오거나 마음에 들지 않는 지휘관이 오면 따르지 않는 거지. 보상도 별로 없는 특수군 생활에서 자존심을 지키는 방편이라고 생각하는 모양인데, 나도 없애지 못했다."

말을 마친 전대극이 도움을 청하는 얼굴로 김형정을 보았다.

"강찬 씨의 경력을 이야기하지 못했습니다. 그래서 오해가 생긴 모양입니다. 우선 훈련지를 1공수로 바꾸고 대원들 전원 교체하겠습니다."

강찬은 김형정을 똑바로 보았다.

"팀장님, 실장님, 제가 아무 말 없이 돌아선 것은 잘못한 일인 것 같습니다. 두 분과 대표님이 여기까지 오실 때까지 전화를 받지 않은 것도 잘못이구요."

강찬은 담배를 재떨이에 끄며 전대극을 보았다.

"제가 말없이 돌아온 건 두 가지 이유 때문입니다. 죽을

곳에 가는 일에 아무것도 모른 채 나와 있었고, 그중에 절반은 사람을 향해 총을 쏴 본 경험이 없는 대원들이었습니다."

전대극이 나직하게 숨을 내쉬었다.

"코드 에이가 어떤 건지는 모릅니다. 다만, 명령에 따르지 않는 대원과 경험이 부족한 대원은 실력에 상관없이 사고가 난다는 것만은 확신할 수 있습니다. 실력을 인정받으려면 대원들 팔 하나쯤은 부러트려야 하는데, 그래 놓고 나면 어차피 작전은 틀어집니다. 이런 상태에서 훈련을 계속하는 게 무슨 소용이 있습니까?"

"흐흠."

전대극의 한숨이 길게 나왔다.

"강찬 씨, 정말 그 짧은 순간에 지금 같은 판단을 한 겁니까?"

"솔직히 반은 감각이고, 나머지 반은 이런 종류의 생각을 했었습니다."

이번에는 김형정이 김태진을 보았다.

"이런 건 방법이 없어. 특수전은 지휘관과 대원들이 똘똘 뭉쳐도 어려운 건데, 그렇다고 대원들에게 아무리 설명해 봐야 어차피 실력을 보기 전에는 받아들이지 못할 게 아닌가."

잔인한 평가였지만, 김태진의 말이 맞는 것 같았다.

설명을 하든, 안 하든, 눈으로 본 것이 없는 상태에서 강찬은 그저 고등학생일 뿐이다.

장기전으로 준비한다면 이야기는 다르다. 함께 훈련하며 손발을 맞추고, 그동안 고개를 숙이면 된다. 그러나 당장 다음 주에 출발해야 하는데 불신이 쌓인 상태라면, 죽으러 가라고 등 떠미는 꼴밖에 되지 않는다.

분위기가 가라앉자 전대극이 걸걸하게 입을 열었다.

"이 얘기는 그만하기로 하자. 잊어. 일단 잊고 매운탕 시원하게 먹고 돌아가서 생각하면 돼."

"알겠습니다."

강찬도 뒤에 매다는 성격이 아니라 이야기는 거기에서 끝났다.

"그런데 석 선생은 벌써 다 나았소?"

"그러게요. 생각보다 회복이 빨랐습니다."

"자네는 아예 붕대도 안 감았고?"

"저야 특이체질이잖아요."

김태진이 고개를 저어 댔다.

이런저런 이야기를 서너 마디 했을 때, 이동용 가스버너와 널따란 냄비가 들어왔다.

반쯤 익혀서 가져온 냄비 안에는 세 종류의 물고기가 풍성하게 들어 있었다.

보글보글.

빨간 국물에서 거품이 올라오며 친숙한 소리가 울려 나왔다. 누구도 국자를 들지 않자 석강호가 손을 움직이려 할 때였다.

"석 선생, 이번엔 우리 방식으로 한번 드시지 않겠습니까?"

김태진이 웃는 낯으로 말려서 석강호가 '그러시죠.' 하고 지켜보았다.

잡담을 하며 다시 10분쯤 지난 다음이었다.

김태진이 수저를 들어 고기를 잘게 부쉈다.

머리부터 꼬리까지 그야말로 흔적을 없애다시피 갈랐는데 그러자 금방 국물이 걸쭉해졌다.

"이렇게 해서 다시 팔팔 끓입니다. 직급 때문에 함부로 고기 뜨기가 미안할까 봐 옛날 상관들이 시작한 방법이랍니다. 이렇게 해 놓으면 누가 국자로 떠먹든 편하게 먹을 수 있어서요."

김태진이 말을 마치고 국자로 국물을 누르자 정말 죽처럼 변했다.

"그럼 맛을 볼까요?"

가장 먼저 전대극에게 한 그릇을 가득 퍼 준 김태진이 돌아가면서 매운탕을 떠 주었다.

"오!"

석강호가 감탄을 할 때 강찬은 수저로 국물을 떠 넣었다.

그냥 실없는 웃음이 나올 정도로 맛이 있었다.

문이 빼꼼히 열리고 주인이 가져온 것은 5그릇의 밥과 김치 세 가지였다.

다른 표현이 필요 없을 만큼 맛이 있었다.

가시가 조금 신경 쓰이긴 했는데 그런 불편함이 맛을 포기하게 하지는 않았다.

"정말 좋네요."

양도 푸짐해서 2그릇씩 먹고 나서야 바닥이 보였다.

배불리 먹고 수저를 놓았다.

누군가가 프랑스식 만찬과 이 매운탕 중 하나를 택하라면 바로 매운탕을 찍었을 거다.

식사가 끝나자 테이블을 치웠고, 또다시 커피가 들어왔다.

"난 한숨 잘란다."

전대극이 뻔뻔스럽게 몸을 옆으로 뉘이더니 등에 받쳐 준 베개를 머리로 옮겼다.

"바람 좀 쐬고 오겠습니다."

"알아서 해."

김형정이 웃으면서 눈짓을 했다.

김태진의 부축을 받은 김형정이 몸을 일으켜서 네 사람은 밖의 평상으로 자리를 옮겼다.

길 건너편으로 펼쳐진 저수지의 풍광이 속을 후련하게

만들었다.

　강찬이 저수지에 시선을 빼앗겼을 때였다.

"부탁하자."

　밑도 끝도 없이 툭 하고 김태진이 입을 열었다.

"성에 안 차는 것도 알겠고, 실망한 것도 알겠다. 하지만 그런 대원들을 만드는 데 전 실장님이나 여기 이 친구, 그리고 나는 인생을 바치다시피 했다."

　김태진이 김형정을 한 번 본 후에 다시 입을 열었다.

"우리는 지금껏 제대로 적국을 때려 본 적이 없다. 내가 이 친구와 비무장지대에서 설칠 때도 북한의 초소를 휘젓고 다닌 게 전부였지."

　몽골 작전을 제대로 모르는 터라 김태진의 말은 어딘가 김이 빠지는 느낌이었다.

"적국에 가 본 경험이 있는 대원, 그런 부대 하나 만들어다오. 자네라면 얼마든지 프랑스나 러시아의 특수군을 부를 능력이 있다는 건 오는 길에 이 친구에게 들었다. 내 눈으로 본 걸로도 차고 넘치지. 그런 거 저런 거 다 치우고, 전 실장님, 나, 여기 이 친구 얼굴을 봐서 시원하게 한 번 도와다오."

　진지한 부탁이었다.

　시선을 돌리다가 김형정과 눈이 마주쳤을 때, 강찬은 이 부탁을 거절하지 못할 거라는 걸 알았다.

저렇듯 진지하게 부탁하는 눈빛을 어떻게 모른 척하겠나?

자식을 봐 달라는 것도 아니고, 돈을 빌려 달라는 것도 아니다.

대한민국의 군인과 함께 훈련하고 그들과 작전을 나가 달라는 부탁이다.

강찬은 나직하게 숨을 내쉬었다.

"알겠습니다."

"해 줄 거냐?"

"대표님 같으면 이렇게 부탁하는데 거절하실 수 있겠어요?"

김태진이 입술을 늘이며 넉넉한 미소를 그려 냈다.

"밥 잘 먹었으니까 돌아가겠습니다."

"지금?"

"제가 안 가면 전 실장님 여기 계속 계실 거잖아요?"

"그걸 뭘 또 그렇게 생각해?"

"얼른 병원으로 모시고 가세요. 왔던 길 그대로 훈련장으로 갈게요."

"같이 가자."

"간다니까요."

"구경해 보고 싶어서 그렇다. 같이 가자. 한 차로 가고, 올 때는 상현이가 천안에 있으니까 그리 바로 오라고 해서 같이 올라오면 된다."

김태진이야 이미 퇴원해서 활동하는 상황이라 강찬이 굳이 반대할 것도 아니었다.

결정 난 걸 길게 끌 건 없다. 다들 일어나서 곧바로 전대극이 누워 있는 방으로 향했다.

"실장님, 일어나서 얼른 병원 가세요. 저는 이 길로 증평으로 가겠습니다."

"뭐?"

전대극이 벌떡 일어나다가 인상을 와락 썼다.

"저도 같이 가기로 했습니다. 상현이도 그리로 오라고 할 거구요."

"그래도 되겠어?"

"구경할 겸해서 같이 다녀오겠습니다."

"그래, 우리 원 한번 풀어 보자. 자네가 좀 수고해라. 강찬, 이번에도 마음에 안 드는 놈이 나오면 아예 그 자리에서 죽여 버려라."

강찬이 풀썩 웃고 말았다.

"죽이는 건 모르겠고, 팔을 부러트려서라도 제대로 한번 만들어 볼게요."

"고맙다."

"대신 바로 병원으로 가세요."

전대극이 고개를 끄덕이다가 빠르게 시선을 돌렸다.

"최성곤이에게 단단히 전화해."
"알겠습니다."
김형정이 바로 전화기를 꺼내 들었다.

⚜　　⚜　　⚜

석강호가 운전했고, 강찬이 조수석, 김태진이 조수석 뒷자리에 앉았다.
최종일과 우희승, 이두범이 한 차, 그리고 전화를 받은 서상현은 곧바로 차를 돌려 증평으로 향한다고 했다.
강찬은 숫자를 세 보았다.
"대표님, 정말 다 나으신 거 맞죠?"
"그렇다니까."
"그럼 우리끼리 한 팀 짜죠."
김태진이 의아한 얼굴을 했다가 곧바로 말을 알아들었다.
"자신 있어? 그러다 지면 개망신이야."
"해 보죠. 마음으로 따르지 않는 팀원 데리고 짜증 나는 것보다 훨씬 좋을 것 같은데요?"
운전석과 조수석 사이로 고개를 디민 김태진이 묘한 표정으로 웃었다.
피가 뜨거워진 걸 거다.

한 시간을 조금 넘게 달려서 다시 훈련장에 도착했다.

바리케이드를 지나 주차장에 도착했을 때 변한 것은 아무것도 없었다.

또다시 최성곤이 나왔는데 김태진을 보고는 느긋하게 거수경례를 했다.

"일단 안으로 들어가시죠."

불편한 심기를 감추지 못했는데 그건 상관없었다. 어차피 첫 단추가 잘못 끼워진 거다.

강찬이 그대로 돌아선 것 때문에 충분히 자존심 상할 수 있는 상황이었다.

"저는 옷 갈아입고 있을게요."

"최 장군, 나하고 상현이, 군복하고 장비 줄 수 있지?"

"선배님이 직접 뛰실 겁니까?"

"요즘 애들은 어떤가 한번 부딪쳐 보려고."

최성곤이 이를 악물더니 나직하게 한숨을 쉬었다.

강찬과 석강호가 옷을 갈아입는 것을 본 최종일이 곧바로 군복을 꺼내 입었다.

"어떻게 하실 겁니까?"

최성곤의 질문에 김태진이 강찬을 보았다.

"팀장님과 서 이사님, 저, 여기 석강호, 최종일 쪽 셋. 이렇게 한 팀으로 짜겠습니다."

"7명? 그래서요?"

최성곤은 무시당한 듯한 표정이었다.

"침투조를 하겠습니다."

"흠! 방어 인원은 몇 명으로 할까요?"

"장소가 어딘가요?"

최성곤이 고개를 들어 맞은편 산을 가리켰다.

"고지전은 앞산이 있고, 시가전은 이 길로 돌아가면 따로 건물을 준비해 놓은 것이 있습니다."

강찬은 중국과 영국을 가정했다. 그렇다면 고지전보다는 시가전이 적당했다.

"시가전으로 하지요. 우리 팀을 제외한 인원이 얼마나 있습니까?"

질문을 던질 때 차가 빠르게 들어왔다.

서상현과 인사를 나누느라 잠시 틈이 있었다.

"원래 팀을 짜려고 대기하던 대원이 22명, 그리고 3공수 소속 대원이 30명, 대기 중입니다."

"건물 크기는요?"

"5층 건물입니다."

더 생각할 것도 없는 조건이었다.

"요인 암살로 하죠. 나머지 인원으로 지키시고 암살 대상자만 표시해 주세요."

"끄으응."

신음처럼 숨을 내쉰 최성곤이 강찬을 똑바로 보았다.

"요인은 내가 맡겠습니다. 나도 복장을 갖춰야 하니까 잠시 기다리십시오. 선배님, 안에 군복이 있을 겁니다. 자네도 들어와."

영문을 몰라 얼떨떨해 하던 서상현이 김태진과 함께 안으로 들어갔다.

강찬은 최종일과 나머지 두 사람을 손짓으로 불렀다.

"저격수가 필요해."

최종일이 시선을 돌리자 이두범이 '제가 하겠습니다.' 하고 나섰다.

강찬이 몇 가지 지시를 마쳤을 때 최성곤과 김태진, 그리고 서상현이 군복을 입고 막사를 나왔다.

오후 3시쯤 된 시간이었다.

"장비 가지고 나오라고 해."

최성곤이 부관에게 지시하고는 허리춤에 손을 걸었다.

실력으로 보여 주겠다는 의지가 그의 온몸에서 철철 넘쳐 났다.

강찬이 옷을 갈아입었던 막사에서 대원들이 나왔다.

부관이 무전기를 건네주었는데 대원들 전체가 날카롭게 노려보고 있었다.

노려본다고 무전기가 부서지는 건 아니니까.

눈빛은 나쁘지 않았다.

다음은 소총과 수류탄, 중화기 등이 앞에 놓였다.

K-1 소총을 개조한 종류가 세 가지다.

주·야간 조준경과 작은 계기판이 부착되어 있었다.

철컥. 철컥.

강찬과 석강호는 K-7 소음기관단총을 들었다. 김태진과 석강호, 그리고 최종일 등도 같은 소총을 챙겼다.

다음은 권총이다.

장탄수를 계산해서 글록 권총을 오른쪽 허리와 왼쪽 발에 찼다.

대검을 쓸 줄은 몰랐다.

강찬은 대검을 집어 날을 뽑아 보았다.

역시!

날은 서 있지 않았다. 그래도 무장은 하는 게 맞다.

강찬은 대검을 오른쪽 발목에 걸었다.

소총용 탄창 6개, 권총용 탄창 3개를 몸에 걸치자 부관이 다가왔다.

검사기 같은 기계로 강찬이 장착한 무기들을 인식한 다음, 기계에서 명함 크기의 카드를 뽑아 강찬에게 주었다.

"왼쪽 주머니 안의 장치에 끝까지 꽂아 주십시오."

이런 게 있었나?

강찬은 왼쪽 상의 주머니를 보았다. 카드를 끼워 넣을 수 있도록 장치가 되어 있었다.

달칵.

카드를 꽂자 착용한 장비 전체에서 '삐-' 하는 소리가 들렸다.

순서대로 장비를 인식하고 카드를 넘겨주었는데, 얼추 20분이 소요되었다.

"총은 소리와 반동이 실제 총과 거의 다르지 않습니다. 총, 수류탄, 그리고 대검에 의해 사망했을 경우, 메인 컴퓨터에 입력되고 당사자에겐 카드를 삽입할 때 들렸던 경보음이 울립니다. 수류탄은 폭파되면 근방에 있는 대원들의 장치를 인식해 부상과 사망을 알려 줍니다."

엄청난 발전이다.

강찬은 고개를 끄덕였다.

"이동하겠습니다."

지프에 나눠 타는 동안 대원들이 트럭의 뒤로 올라갔다.

솔직히 무기를 다루는 자세만 봐도 어느 정도 실력은 가늠한다. 트럭에 오르는 대원들의 눈빛에 의아한 기색이 묻어 있었다.

거친 산길을 100미터쯤 돌아서 가자, 산과 산에 둘러싸인 평지가 나왔는데 놀랍게도 건물이 제대로 서 있었다.

차에서 내리자 마치 버스에서 막 내린 느낌이었다.

"서울의 한 지역과 똑같이 지었습니다. 나는 저 앞에 증권사 건물 5층에 있을 겁니다. 내부는 엘리베이터, 계단, 그리고 사무실 구역까지 똑같이 나뉘어 있습니다."

여기서 뭐하세요?

최성곤이 자부심 넘치는 표정과 음성으로 설명했다.

"지금이 15시 50분이니까 16시 10분에 신호음이 울리면 시작하겠습니다. 우리 쪽에서도 선제공격을 할 수 있으니까 이 점 염두에 두십시오."

말을 마친 최성곤이 김태진을 향해 경례를 해 보인 다음, 바로 건물을 향해 출발했다.

20분 후에 작전 시작이다.

최성곤은 일부러 도시의 지도를 주지 않은 거다. 달라고 할까 했으나 굳이 그러지 않았다.

그렇다고 주변을 살필 노력을 하지 않는 건 말이 안 된다.

강찬은 가까운 3층 건물을 보았다.

"우선 저리로 올라가시죠."

말뜻을 모를 사람은 없어서 모두 강찬을 따라 목표로 했던 3층 건물의 옥상으로 올라갔다.

모형 도시는 생각보다 규모가 컸다.

5층 건물을 중심으로 반경 100미터에 건물이 빼곡하게 들어가 있어서, 마치 영화 세트장에 온 듯한 느낌이었다.

"석강호, 최종일, 둘이서 2조."

석강호와 최종일이 고개를 끄덕였다.

"팀장님이 이두범과 저격조를 담당해 주세요."

"알았다."

"서 이사님과 우희승이 3조."

두 사람이 눈빛으로 답을 했다.

"무전으로 나를 부를 땐 1조라고 하면 됩니다."

"작전은?"

김태진이 주변을 둘러본 다음 강찬에게 시선을 주었다.

"상황을 바꾸면 간단합니다. 우리 쪽이 방어군이라고 생각하세요. 저쪽은 반드시 신호와 동시에 우리를 잡으러 나올 겁니다."

"흐음."

김태진이 신음처럼 숨을 내쉬며 고개를 끄덕였다.

"우리 쪽 요인은 팀장님입니다. 이두범."

"예."

"저쪽은 5층 건물 옥상에 반드시 저격수를 배치할 거다. 기회를 봐서 가능하다 싶으면 저격해. 거기서 1차 승부가 갈린다. 혹시 저격이 어렵더라도 가능한 한 시선을 끌어."

"알겠습니다."

"서 이사님과 우희승은 팀장님을 지킬 수 있도록 이 건물 입구를 철저하게 봉쇄하고."

"그럼 나는 여기 있으면 되겠나?"

"예. 여기서 적들의 시선을 끌어 주세요."

"알았다."

강찬은 석강호를 보았다.

"게릴라전 알지?"

"알았소."
"내가 건물에 잠입할 때 엄호해."
"바로 들어갈 생각인가?"
강찬은 씨익 웃는 것으로 답을 대신했다.

⚜   ⚜   ⚜

"차동균!"
"예, 장군님."
"네가 구대를 인솔해서 나가. 가서 애송이한테 3공수의 실력이 어떤지를 제대로 가르쳐 줘."
"알겠습니다."
"곽철호."
"예!"
"자네가 606과 특수팀 인솔해. 옥상에 저격수 배치하고 차동균이와 별도로 나가. 나가서 최대한 빠른 시간 안에 적을 전멸시켜라."
"알겠습니다."
"나머지는 층마다 경계하고."
"알겠습니다."
최성곤이 증권사 소파에 앉아 창밖을 보았다.
"하아! 차- 암 나!"

그는 기가 막힌 모양이었다.

"고등학생에 체육 선생이라니. 국가 기밀? 허허허!"

고개를 털어 낸 최성곤이 이를 악물 때, 보좌관이 노트북을 탁자에 올려 주었다.

카드 번호와 이름 옆으로 생존, 사망, 부상의 칸이 나뉘어 있었고, 아래로 총원이 명시되어 있었다.

아직까지 모두 생존에 파란불이 들어와 있었다.

"이 버튼이지?"

"예."

최성곤이 'S'자 버튼을 눌렀다.

위이잉! 위이잉! 위이잉!

그러자 주변에 짧은 사이렌이 세 번 울렸다.

"기도 안 차는구만."

버튼을 누른 최성곤은 어처구니가 없다는 듯 허탈한 웃음을 터트렸다.

⚜ ⚜ ⚜

신호음이 모형 도시 전체에 커다랗게 울렸다.

이두범이 옥상으로 올라오는 입구에 의지해 몸을 숨긴 채로 5층 건물을 겨누고 있었고, 그 뒤로 김태진, 서상현, 우희승이 삼각형의 형태로 옥상 담벼락에 몸을 붙였다.

"정말 이대로 있어도 되겠습니까?"

서상현의 질문에 김태진이 뭔 소리냐는 듯한 시선을 보냈다.

"방어군이 52명입니다."

"우리 지휘자가 누구냐?"

"그거야……."

"너는 왜 강찬이 나와 너를 여기에 끼워 준 건지 모르겠냐?"

"모르겠습니다."

서상현은 정말 모르겠다는 표정이었다.

"오늘 한바탕 소란이 있었다."

김태진이 건물 주변을 빠르게 훑은 다음 짧게 서상현을 보았다.

"전 실장님과 김형정 그 친구가 최성곤이한테 꽤 뭐라고 했던 모양이다."

"그런 일이 있었습니까?"

"52명을 상대로 너와 나를 끼워 넣은 건 전 실장님과 김형정을 위한 배려다. 판단이 틀리지 않았다는 걸 보여 주고 싶었던 걸 거야."

서상현이 고개를 끝까지 돌려 골목을 살핀 후 고개를 가져왔다.

"그렇게 얘기했습니까?"

"강찬이 어디 그런 걸 나불댈 사람이냐?"

김태진이 짧게 답을 했을 때였다.

푸슝! 푸슝!

소음기관단총 소리가 두 번 들려왔다.

김태진과 서상현이 빠르게 고개를 돌려 봤으나 보이는 것은 없었다.

⚜ ⚜ ⚜

삐이- 삐이-

"뭐야? 이게?"

최성곤이 노트북에 고개를 처박는 것처럼 상체를 앞으로 가져갔다. 사망이라는 칸에 빨간불이 들어오고 생존자 총원이 50으로 바뀌었다.

당연하게 사망자 총원은 2명 늘었다.

최성곤이 모니터를 노려보고 있을 때였다.

삐이- 삐이- 삐이-

연달아 세 번의 신호음이 울리고 사망 표시가 늘었다.

최성곤은 처음으로 놀란 표정이었다.

그가 눈을 커다랗게 뜨고 창밖을 보는 순간이었다.

삐이- 삐이-

또다시 사망자 표시가 떴다.

여기서 뭐하세요? • 289

"총구 앞에 줄이라도 서 있는 거야, 뭐야? 차동균이 무전 연결해!"

최성곤이 악을 쓰며 부관을 향해 고개를 돌렸다.

삐이-

"야! 차동균이 연결하라고!"

"장군님, 차동균 중위는 이미 사망입니다."

부관은 아예 얼이 빠진 얼굴이었다.

제9장

차원이 다르다

최종일은 아직 들고 있는 K-7 소음기관단총을 한 발도 발사하지 못했다.

틈이 없었다.

'11명.'

대한민국 특수부대를 안 거친 곳이 없는 최종일이다. 그동안 칼을 쓰는 강찬을 보며 맞붙으면 이기지는 못하더라도 일방적으로 죽으리란 생각은 안 해 봤다.

푸슝! 푸슝!

'열셋!'

이건 차원이 다르다.

강찬은 걸을 때 소리가 나지 않는다.

엎드려서 기어가는 포복에, 옆으로 몸을 틀어 전진하고, 달려가며 쏘고, 한 바퀴를 구른 다음 쏘는 거?

다 배웠다.

그런데 강찬처럼 할 수 있다고는 생각해 본 적 없다.

이건 숫제 소총을 든 게 아니라 팔이 3갠데 그중 하나가 소총인 괴물을 보는 기분이었다.

건물의 모서리에 몸을 기댄 강찬은 자세를 낮추고, 검지와 중지로 앞에 있는 건물을 가리켰다.

석강호는 체격이 굵다. 그런데 그 석강호가 고양이처럼 소리 하나 내지 않고 쪼그린 채로 전진한다.

처음엔 저게 뭐하는 짓인지도 몰랐다.

앞에 있는 건물 유리창에 대고 거리를 뗀 채 조준경을 들여다보면 이중으로 비친다는 걸 최종일은 처음 알았다.

석강호가 손가락 4개를 펴 보였다.

하나, 둘!

강찬의 타이밍은 늘 반 박자 빠르다.

거미처럼 오른발을 쭉 내미는 순간, 강찬의 몸은 이미 모서리를 나가 있었다.

푸슝! 푸슝! 푸슝! 푸슝!

정확하게 4발!

연사는 아직 한 번도 없었다.

삐- 삐- 삐- 삐-

제자리로 돌아온 강찬이 고개를 짧게 움직였다.

석강호가 조금 전 특수팀이 사살된 자리를 점거했고, 최종일이 엄호한다.

'열일곱!'

최종일은 석강호의 곁에 서며 사살된 대원들의 얼굴을 보았다. 이렇게 허무하게 사살되면 처음엔 어처구니가 없고, 다음은 좌절했다가 마지막에 화가 치솟는다.

어떻게 비슷해야 반항이라도 하지.

실전이었으면, 전투가 아니라 학살이라고 부르는 게 맞다.

강찬이 눈빛을 번득이더니 검지를 허공에 한 바퀴 돌리고 1시 방향의 건물을 가리켰다.

왜 저기 적이 있는지 모른다. 어떻게 아는지 전혀 눈치채지 못했다.

하나는 분명하다. 1시 방향 건물에 대원들이 있을 거고, 잠시 후에 사살될 거라는 것!

군화를 신어도, 발 바깥쪽을 먼저 바닥에 대면 소리가 전혀 나지 않는다는 것도 이번에 처음 알았다.

알았다고 흉내 내지도 못한다.

몸이 휘청여서 당최 따라갈 수가 없었다.

강찬이 검지와 중지로 눈을 가리킨 다음, 왼쪽에 둘, 오른쪽에 셋이라는 표시를 했다.

하나, 둘!

푸슝! 푸슈슝! 푸슈슝! 푸슝!

씨익.

저 사람은 석강호가 아니다.

이중인격자도 아니고! 어떻게 된 게 눈빛부터 행동, 심지어 표정까지 완벽하게 다른 사람처럼 보인다.

석강호의 손짓에 최종일은 정신이 번쩍 들었다.

'지금 다섯이니까 합해서 22명!'

이제 서른 남았다.

고작 20분에 22명이니까 1분에 한 명꼴이다.

최종일은 확실히 알았다.

칼을 들고 덤비면 부상이라도 입히고 죽겠지만, 총을 들고 덤비면 그냥 죽는다. 그것도 단 한 방에.

⚜   ⚜   ⚜

삐– 삐– 삐– 삐– 삐–

"하아, 하하, 하하하."

웃음을 터트린 최성곤이 멍한 눈으로 입구를 바라보았다.

이런 놈을 비무장지대에 풀어놓으면?

멀리 갈 것도 없다.

이런 놈이 적군이어서 비무장지대를 설친다면…….

"흐흠."

전대극과 김형정이 이제부터 후배도 아니라고 악쓸 만하다.

사망자 22명, 소요 시간 21분 26초.

이렇게 되면 1분당 한 명꼴로……

삐— 삐— 삐—

"흐허허허."

무슨 생각을 하던 결과는 그걸 뛰어넘고 있었다.

"아직 한 번도 무전을 쓰지 않았지?"

"그렇습니다."

"하아!"

최성곤은 'S'자 버튼을 노려보았다.

저걸 다시 누르면 훈련이 끝난다.

지금만 해도 대원들 자존심이 완전히 구겨진 건데, 만약 7명에 52명이 전부 당하고 요인 암살까지 된다면……?

소문은 반드시 돈다.

소문이 문제가 아니다. 망가진 대원들의 자존심은 어떻게 할 건가?

대한민국을 대표하는 최정예 특수팀의 자존심을 지키는 것보다 중요한 일이 있나?

최성곤은 마른침을 꿀꺽 삼켰다. 그리고 손가락을 'S'자 버튼 위로 움직였다.

⚜ ⚜ ⚜

위이잉! 위이잉! 위이잉!

목표물을 발견하고 다가가는 순간, 처음과 같은 사이렌이 울렸다.

4시 30분이 갓 넘어서 아직 해는 충분했다.

[훈련 종료! 전 대원, 증권사 건물 앞으로 집합!]

시골 동네 이장의 방송처럼 모형 도시에 부관의 음성이 또렷하게 울렸다.

강찬은 자세를 세우고 최종일을 보았다.

"훈련이 끝난 모양입니다."

들었다. 그런데 왜 느닷없이 훈련이 끝난 줄을 몰라서 바라본 거다.

주저앉아 있던 대원들이 자리에서 일어나 날카롭거나, 혹은 황당하다는 시선으로 강찬을 보며 건물 앞으로 향했다.

"강찬!"

김태진과 서상현, 그리고 우희승과 이두범이 소총의 총구를 아래로 하고 걸어왔다.

"어떻게 된 거야?"

"모르겠네요."

"총소리가 계속 나던데?"

"25명 사살입니다."

김태진의 질문을 최종일이 빠르게 받았다.

"몇 명?"

"25명입니다."

최종일이 재차 답을 하자 김태진은 알 것 같다는 표정으로 고개를 끄덕였다.

강찬에게는 의미 없는 숫자였다.

"가 보자."

증권사 건물에 다가갔을 때 최성곤이 부관과 함께 건물을 나섰고, 김태진을 향해 거수경례를 했다.

"훈련을 중지하겠습니다."

"그거야 여기 지휘관인 최 장군이 알아서 할 일이지."

"저녁을 함께 드셔도 됩니까?"

김태진이 강찬을 보았다.

"상관없죠."

"그렇다면 출발하십시다."

최성곤이 성큼성큼 걷는 것을 시작으로 올 때처럼 모형 도시를 빠져나왔다.

막사 앞의 주차장이다.

"무기는 부관에게 반납하면 됩니다."

이런 걸 구태여 몸에 차고 있을 이유가 뭐가 있겠나?

강찬은 몸에 걸고 있던 무전기와 무기들을 모두 내려놓았다.

"안으로 잠깐 들어가시죠. 자넨 예정대로 음식 준비해."

"알겠습니다."

부관의 답을 들은 최성곤이 막사의 문을 열자 김태진, 강찬, 그리고 석강호만 안으로 들어갔다.

탁자를 가리킨 최성곤은 손수 봉지 커피를 타 왔다.

"담배 피웁니까?"

"예."

"선배님, 담배 좀 피우겠습니다."

김태진이 손을 내미는 것으로 답을 대신했다.

오랜만에 보는 대형 유리 재떨이다. 담배 한 보루쯤 피워야 꽉 찰 것 같은 크기였다.

최성곤은 국산 담배를 강찬과 석강호에게 권한 후 하나를 꺼냈는데, 석강호가 라이터를 꺼내서 불을 붙여 주었다.

"후우, 선배님, 이 훈련의 진짜 목적이 뭡니까?"

최성곤은 예사롭지 않게 눈빛을 번들거렸다.

"국가 기밀이란 말은 들었습니다. 그리고 제가 오전에 대원들을 제대로 통제하지 못한 잘못! 인정합니다. 하지만 적어도 내 새끼들이 왜 이런 훈련을 하는지는 알고 시키고 싶습니다."

최성곤에게도 말을 해 주지 않았구나.

강찬은 그때야 분위기를 알 것 같았다.

"그 이야기는 내가 아니라 전 실장님만 답을 할 수 있어.

차라리 지금이라도 전화를 드리지?"

"그렇군요."

최성곤이 강찬을 흘끔 본 다음, 전화기를 꺼내 번호를 눌렀다.

잠시 후다.

"실장님, 최성곤입니다. 예. 훈련은 지금 끝냈습니다. 아닙니다. 잘 끝났습니다. 실장님, 이 훈련을 하는 목적이 정확하게 뭡니까?"

최성곤이 재떨이에 피우던 담배를 콕콕 찍어 가며 껐다.

"국가 기밀인 건 알겠습니다. 야전군의 명예를 걸고 말씀드립니다. 적어도 내 새끼들이 왜 이런 훈련을 하는지? 이 훈련의 뒤에 뭐가 있는지! 그리고 지금 앞에 있는 강찬이란 사람의 진짜 정체가 뭔지는 꼭 알고 싶습니다!"

강찬에게 따지는 것처럼 시선을 주었던 최성곤이 창문으로 시선을 돌렸다.

"알겠습니다. 잠깐만 기다리십시오."

최성곤은 강찬에게 불쑥 전화를 디밀었다.

"여보세요?"

[뭘 어떻게 했기에 최성곤이 그렇게 독이 바짝 올랐어?]

강찬은 힐끔 최성곤만 보았다.

[자네 계획 얘기해 줘. 최성곤이는 자존심이 강해서 목에 칼이 들어와도 지킬 건 지키는 군인이야.]

"제 정보가 전혀 없는 거 같은데요?"

[그건 내가 설명할 테니까, 잘 좀 부탁해.]

"알겠습니다."

강찬은 전화기를 다시 최성곤에게 건네주었다.

"네, 선배님. 예. 그거야 압니다. 예. 예에?"

전혀 다른 의미의 시선이 강찬에게 달려들었다.

"정말이십니까? 물론 봤습니다. 그러시면 먼저 말씀을 해주시지! 알겠습니다. 예, 예. 내일 보고드리겠습니다."

전화를 끊은 최성곤이 숨을 커다랗게 들이마신 다음, 강찬을 보며 야릇하게 웃었다.

"강찬 씨가 갓 오브 블랙필드라는 분이오?"

어딘지 멋쩍어서 강찬은 풀썩 웃으며 '예.'라고 대답했다.

"몽골 작전 다녀온 그 갓 오브 블랙필드 맞소?"

"맞습니다. 둘이서 다녀왔지요."

"자네가 몽골 작전을 다녀왔어? 언제?"

김태진이 불쑥 끼어들었다.

"선배님, 모르셨습니까? 김형정 선배님 구해 온 한국 요원 코드명이 갓 오브 블랙필드잖습니까? 우리 대원들이 가장 만나고 싶어 하는 인물!"

"이런! 그럼 그때 그 친구가 다쳤던 게? 자네가 멀리 다녀와야 한다고 했던 거? 그게 몽골 작전이었던 거야?"

"죄송합니다!"

"야 이 사람아! 석 선생! 어떻게 석 선생까지 나한테 이럴 수가 있어?"

최성곤의 표정이 확연하게 바뀌었다.

"그때 김 선배와 함께 갔던 대원들이 606과 비무장 특수팀 대원들입니다. 이번 훈련에 참여할 정도로 몸이 낫지 않았고, 그 임무에 대해 다들 비밀로 했지만, 갓 오브 블랙필드에 관한 이야기는 돌았습니다. 하아! 진작 말씀을 좀 해주시지!"

최성곤이 손을 불쑥 내밀었다.

"정말 보고 싶었습니다. 그럼 여기 석 선생께서 그때 함께 가셨던 분이시구만!"

강찬의 손을 잡았던 최성곤이 다시 석강호에게 손을 내밀었다.

꽉.

얼마나 세게 잡는지 보는 강찬의 손아귀가 아플 지경이었다.

"선배님, 강찬 씨, 저녁은 대원들 위로할 겸해서 돼지 한 마리 잡아다 놓았습니다. 그냥 여기서 저녁 드시는 건 어떻겠습니까?"

"나야 좋지."

"저도 그게 낫지요."

최성곤이 만족한 얼굴로 히죽 웃었다.

"자! 남은 건 왜 이 훈련을 하느냐인데, 그걸 듣고 저녁을 먹으러 가면 되겠습니다."

진심으로 궁금해하는 표정이었다.

이미 전대극과 통화한 것도 있고, 김태진도 알고 있는 사항이라 숨길 것도 없었다.

"우리나라에 테러를 감행했던 적국에 응징을 가할 생각입니다."

최성곤의 미소가 단숨에 싹 사라졌다.

"중국이 첫 번째 목표가 될 것 같습니다. 오늘 제가 1조와 2조로 팀을 나눴던 것은 그중에서 구대를 구성할 12명을 선발하고 싶어서였습니다."

"중국이라고 했습니까?"

"예, 중국 맞습니다."

최성곤은 믿기 어려운 표정이었다.

"이동에 필요한 비행기, 무기, 그리고 기타 정보는 프랑스에서 조달해 줄 예정입니다."

"몽골 작전 때도 그렇게 갔던 겁니까?"

"그렇습니다."

최성곤이 이를 꽉 깨물었다.

"우리나라 정부에서는 승인하지 못할 텐데요."

"그래서 말씀드리지 못했습니다. 제가 개인적으로 밀입국하는 겁니다."

"미치겠군."

야전에서만 살아온 군인답게 최성곤의 눈빛이 무섭게 빛나고 있었다.

똑똑똑.

그때, 노크 소리가 들렸다.

"뭐야?"

"고기 준비됐습니다."

"알았다."

아직 해가 남은 시간이지만, 산이 드리운 그림자가 막사의 유리창을 반쯤 뒤덮은 시간이었다.

"선배님, 오늘 주무시고 가시죠."

"나야 괜찮아. 강찬 씨는?"

"글쎄요?"

솔직히 강찬은 아직 마음을 정하지 못했다.

오늘 훈련만 놓고 보면 제라르가 데려온 병아리들만 데리고 작전에 나가는 꼴이다.

이대로 가는 건 일종의 자살행위와 같다.

"강찬 씨, 어차피 먼 길 온 건데 하루 시간을 주십시오."

최성곤의 뒤에 마치 전대극이 있는 것처럼 걸걸한 말투였다.

하루쯤이라면야.

"그렇게 하겠습니다."

"그럼 저녁 들고 천천히 이야기하지요."

최성곤을 시작으로 함께 일어나 막사 밖으로 나왔다.

주차장 역시 산이 드리운 그림자가 반쯤 차지하고 있었는데, 서늘한 기운도 꼭 그만큼 내려앉은 느낌이었다.

드럼통을 세로로 잘라 기다랗게 만든 화로 10개에 커다란 고무통에는 돼지고기가 수북하게 쌓였다.

"주목!"

최성곤이 외치자 삽시간에 시선이 달려왔다.

대원들은 계면쩍고, 분하고, 황당하고, 당황한 감정들이 뒤엉킨 표정이었다.

"오늘 함께 수고해 주신 분들을 소개하겠다. 여기는 비무장지대의 살아 있는 전설, 김태진 선배님."

대원들이 박수를 쳤다.

"저쪽으로 김태진 선배와 함께 비무장지대를 누볐던 서상현, 그리고 606과 비무장 특수팀을 모두 거친 최종일, 우희승, 이두범. 모두 귀관의 선배 기수다."

이름을 말할 때마다 박수가 울려 나왔다.

숯이 아니라 장작을 넣었는지 화로마다 불길이 넘실대며 올라왔다.

"이분은 강찬 씨."

형식적인 박수가 나왔다.

"이름으로 하면 잘 모를 것 같아서 코드명을 알려 주겠다. 강찬 씨가 바로 귀관들이 가장 보고 싶어 하던 갓 오브 블랙필드다."

순간, 물을 끼얹은 것처럼 정적이 막사 앞을 휘감았다.

타다닥. 타닥.

장작 튀는 소리와 '꾸르륵. 꾸욱.' 하는 새소리가 지나간 다음이다.

"기밀 사항이라 다는 이야기할 수 없고, 갓 오브 블랙필드가 몽골 때와 같은 작전을 수행할 예정이다. 외국 특전팀이 아닌 대한민국의 특전대원들을 선발하고 싶어 한다."

대원들의 눈빛과 표정이 삽시간에 달라졌다.

"그 옆에 계신 분이 석······?"

"석강호입니다."

"석강호 씨. 갓 오브 블랙필드와 함께 몽골 작전을 수행했던 분이다."

짝짝짝짝짝짝.

그야말로 우레와 같은 박수가 나왔다.

"우선 저녁을 먹는다. 이상."

"장군님!"

중간의 대원이 손을 높이 들었다.

"뭐야?"

"우리 동료를 구해 준 것에 대해 감사의 표시를 먼저 하고 싶습니다."

최성곤이 강찬을 힐끔 본 다음, 고개를 끄덕였다.

"전원 차렷!"

착!

군화를 붙이는 소리가 묵직하게 울렸다.

"갓! 오브! 블랙필드에 대해 경례!"

이리저리 흩어져 있지만 일사불란하게 전해 준 경례다.

이런 건 무시할 수 없다.

강찬은 거수경례로 답을 했다.

"바로!"

착!

엄숙하지만, 어딘가 어색한 느낌. 대원들의 표정과 눈빛이 복잡했다.

"이제 식사해!"

"잘 먹겠습니다!"

대원들이 악을 쓰고도 강찬만 보고 있었는데, 김태진이 주위를 둘러보며 풀썩 웃었다.

두툼한 돼지고기를 장작을 쌓은 불판 위에 올려놓자, 단박에 불길에 휩싸였다. 대원들이 먹기 좋게 잘랐는데 한두 번 해 본 솜씨가 아니었다.

어색함을 푸는 데 가장 도움을 준 사람은 김태진이었다.

최성곤보다 선배이지만 현역이 아니라는 편안함, 그리고 그가 가진 특유의 부드러운 카리스마가 대원들을 편안하게 당겼다.

서상현이 간간이 끼어들면서 분위기가 한결 부드러워졌다.

강찬과 석강호, 그리고 최종일 일행은 한쪽의 불판을 차지했다.

화르륵!

불길이 사정없이 치솟았으나 우희승과 이두범이 능숙하게 고기를 잘랐다. 특히 갈비를 그대로 구워서 가위로 잘라 놓은 것이 먹을 만했다.

강찬이 나무젓가락으로 고기 한 점을 입에 넣었을 때였다.

"차동균입니다."

세모꼴로 치솟은 눈을 한 대원 한 명이 다가와 자신의 이름을 밝혔다.

"발표회장에도 있었습니다. 무전으로 지시를 듣기는 했는데 갓 오브 블랙필드가 강찬 씨인 줄은 짐작하지 못했습니다. 고등학생으로 알고 있었거든요."

쇳소리가 섞인 음성이어서 나이를 더 먹으면 틀림없이 전대극처럼 괄괄한 목소리가 될 거다.

"우리끼리도 말이 많았습니다. 만약 행사장에 있던 강찬 씨가 갓 오브 블랙필드가 맞다면 몽골에 갔던 분인데 그게 말이 되느냐? 뭐 그런 내용이었습니다. 이거라도 한 잔 받으십시오."

차동균이 페트병에 담긴 음료수를 종이컵에 따라 강찬에게 건네주었다.

"궁금한 게 있습니다."

최종일이 재미있다는 표정으로 차동균을 보고 있었다.

"오늘 우리가 힘 한 번 못 쓰고 당한 이유를 알고 싶습니다."

주변에서 고기를 먹는 척했지만, 차동균의 질문이 떨어지는 순간에 누구도 젓가락을 움직이는 사람은 없었다.

화르륵! 화르륵!

우희승이 고기를 아예 불길이 닿지 않는 한쪽으로 밀어 놓았다.

"죽일 수 있다고 믿는 것과 죽여 본 것의 차이쯤이라고 하는 게 적당할 것 같은데?"

차동균이 묘한 미소를 그려 냈다. 반말을 들어서라기보다는 내용이 거슬린 모양이었다.

"여기 있는 대원들은 모두 작전에 나가 본 경험이 있습니다. 비록 죽일 기회는 없었을지 몰라도 적을 죽이는 것을 두려워하거나 겁낼 대원은 없습니다."

강찬은 고개를 끄덕였다. 화로가 가까이 있어서 차동균의 음성을 모두 들었다.

최성곤마저 몸을 돌려 강찬을 바라보고 있었다.

"운전면허를 땄다고 해서 바로 차를 끌고 다니기는 어려워. 물론 강단이 있으면 끌고 나가도 되지. 하지만 사고 날 확률이 높지 않을까? 작전에 나가서 사고는?"

"우릴 초짜 딱지 붙이는 병아리로 보시는 거군요."

"그게 사실이니까."

분위기가 싸하게 가라앉았다.

그런데도 석강호는 고기를 입에 넣고 뜨거워서 몸을 비틀어 댔다.

어차피 한 번은 시도해 보기로 한 거다.

식은땀을 뻘뻘 흘리고 안성까지 달려온 전대극과 김형정, 그리고 이곳에서 하룻밤을 보내겠다는 김태진을 봐서라도 한 번쯤은 시도해 보기로 했던 일이었다.

"몽골 작전의 결과가 어땠지?"

차동균의 볼이 씰룩하고 움직였다.

"발표회장에 이글루가 3대 있었지? 그중 하나는 결국 발사됐어. 만약 적국에 작전을 나갔다가 그런 경우가 생기면? 그냥 죽음을 각오했으니까 죽어서 오면 되는 건가?"

강찬의 말이 끝나자 석강호 외에 누구도 움직이는 사람이 없었다.

"제대로 긁어 대는군요."

"저 친구는 이유 없이 저럴 친구가 아냐."

최성곤이 귀에 대고 말을 건네자 김태진이 혼잣말처럼

답을 했다.

　금방이라도 사고가 터질 것처럼 분위기가 살벌했다.

"총을 왜 들고 다닌다고 생각하나?"

　강찬이 차동균을 똑바로 보았다.

"권총은? 대검은? 내가 원하는 건 행사장 지키고, 사람 모형에 풍선 달아 놓고 쏘는 실력이 아니라 실제로 오늘 같은 상황에서 살아남을 수 있는 대원이다."

"외국에서 벌어진 작전에 한 번도 못 나갔던 것처럼 말씀하지 마십시오. 이곳에 있는 대원들은 외국의 유명한 팀들과 합동훈련했고, 좋은 평가를 받았습니다. 그리고 중동 쪽 작전에도 다녀온 경험 있는 베테랑들입니다."

　강찬은 고개를 끄덕였다.

"정말 실력을 보여 줄 수 있어?"

"어떻게 말입니까?"

　차동균의 눈빛이 반짝하고 빛나는 순간이었다.

　강찬은 최성곤을 향해 시선을 돌렸다.

"내일 대원들 훈련을 제가 맡아도 됩니까?"

"물론이오."

　최성곤이 김태진을 짧게 본 후에 답을 했다.

"내일 훈련에서 실력을 보여 봐."

"알겠습니다."

　존경심에 적대감이 살짝 묻어서 대원들의 눈빛이 복잡

했다.

차동균이 돌아가자 석강호가 젓가락을 건네주었다.

"맛이 죽여줍니다. 얼른 드쇼."

다들 고기를 먹기 시작했는데 분위기는 완전히 가라앉아 버린 뒤였다.

적당히 먹고 나서 김태진과 강찬, 그리고 석강호와 서상현은 최성곤이 안내했던 막사로 들어갔다.

사무실 공간 옆의 문을 열자 간이침대가 있었다.

불편하게 하기 싫다고 최성곤은 사무실에 부관과 함께 간이침대를 설치했다.

"제대로 해 볼 생각인 거지?"

"예. 눈빛을 보니까 자꾸 마음이 약해지네요."

"그런데 왜 그렇게 약을 올렸어?"

"내일 두들길 생각이거든요."

서상현은 멍하니 있었고, 석강호는 끔찍하다는 듯이 고개를 저어 댔다.

"가능성은 어때?"

"실력은 안 빠지는데 실전 경험이 너무 부족해요. 그렇다고 계속 끌고 다니면서 경험을 쌓게 할 자신도 없구요."

"흠, 역시! 우리도 늘 그걸 아쉬워했지. 다른 나라에 나가거나 선제공격을 해 봤어야 말이지. 비무장지대에서야 계속해서 경험이 전달되니까 나름 실력자가 나오는데, 이런 종류의 작전은 경험을 쌓을 기회가 없었어."

"아니, 솔직히 저 정도 실력이면 어디 가도 제 몫은 하지 않습니까?"

듣고 있던 서상현이 답답한 듯 질문을 던졌다. 대원들의 입장에 감정이 이입된 얼굴이었다.

맞는 말이면서 틀린 말이다.

"연습과 실전의 차이는 간단하죠. 부스럭거리는 소리에 방아쇠를 당길 거냐, 대기할 거냐? 그런데 그 한순간이 생사를 가릅니다."

"얘네들, 누구보다 빠르게 쏠 능력 있습니다."

강찬의 답이 서상현은 억울한 모양이었다.

"다른 나라에 몰래 들어가서 짐승이 나타났다고 방아쇠를 당기면? 그다음은요? 그게 짐승인 줄 알았는데 적이면? 그런 순간적인 판단은 경험에서 만들어집니다."

"그런 종류의 훈련은 이미 받습니다."

"내일 보면 알겠죠."

서상현도 더는 말을 하지 못했다.

달빛이 창을 타고 훤하게 들어왔다.

"참, 시간 빠르다. 비무장지대 누비던 게 엊그제 같은데……."

김태진이 혼잣말처럼 중얼거릴 때 석강호가 코를 고는 소리가 들렸다.

"얼른 주무세요. 조금 지나면 정말 못 주무실 수 있어요."

"코를 심하게 고나?"
"견디기 힘드실 겁니다."
"그럼 얼른 자야지."
 김태진이 모포를 제대로 덮으며 옆으로 돌아누웠다.

⚜   ⚜   ⚜

 6시에 기상했고, 간단하게 씻은 후, 아침 식사를 했다.
 밥과 반찬이 최고 대우라고 할 만큼 훌륭해서 김태진도 만족할 정도였다.
 식사를 마치고 차를 마시며 30분쯤 휴식을 취했다.
"훈련을 어떻게 할 생각입니까?"
"간단하게 구보하고 산악전과 시가전을 해 볼 생각입니다."
"그럼 난 쉬는 게 좋겠네."
 김태진이 고개를 저으며 웃었다.
 밖으로 나갔을 때 대원들이 정렬해 있었다.
"오늘 하루 함께 훈련한다. 우선 구보다. 모형 도시로 가서 도시 외곽을 달린다. 다들 몸을 풀도록."
 강찬의 말에 대원들이 능숙하게 몸을 풀었다.
 석강호는 물론이고, 최종일 일행, 서상현도 대원들과 함께 섰다.

차원이 다르다 • 315

"준비됐으면 가지?"

"중대 좌향좌! 뛰어가!"

차동균의 구령에 맞춰 대원들이 달리기 시작했다.

착. 착. 착. 착.

군화가 바닥을 밟는 소리가 일정하게 들렸다.

100미터를 지나자 모형 도시가 나왔다. 외곽 도로가 있어서 달리기는 편했다.

오와 열을 맞춰 달리는 왼편에 강찬이 달렸다.

달리면서 알았다.

실력은 뒤지지 않는다.

고작 달리기지만 속도와 호흡, 그리고 묘하게 느껴지는 기운을 통해 알 게 된 것이었다.

이런 대원들이 외인부대처럼 처절한 실전을 쌓는다면 정말 엄청난 부대가 될 거다.

하지만 실전 경험은 한 번의 전투나 작전으로 만들어지는 게 아니다.

지금 대원이 절반 이상 죽어 나가고, 그 뒤에 후임병이 와서 더 많이 죽어 나가면서, 그 쌓인 경험들이 전달되고 전달되어야 나오는 거다.

강찬은 왜 그렇게 전대극과 김형정, 김태진이 안타까워했는지 이해할 수 있었다. 각오와 질릴 만큼의 반복된 훈련을 했음에도 실전에 나갈 기회가 없었던 거다.

작전에 성공할 자신이 있어도 이후에 감당해야 할 것들이 두려워 나서지 못하는 특수팀의 비애.

잘난 자식을 두었지만, 아버지의 능력이 부족해 마지막을 제대로 가르치지 못할 때 심정이 그렇지 않을까?

삽시간에 10킬로미터를 달렸다.

강찬은 서서히 피가 뜨거워지는 것을 알았다.

대원들의 몸에서 뿜어져 나온 투지와 열정이 고스란히 전달되는 느낌이었다.

"좀 더 속도를 높인다!"

강찬은 실제로도 좀 더 빨리 달리기 시작했다.

착착착착. 착착착착.

대원들의 상체가 내딛는 발에 따라 규칙적으로 좌우로 움직였다.

아직 대열은 흐트러지지 않았다. 10킬로미터를 넘게 뛰었고, 속도를 더 높였는데도 말이다.

훈련하고, 훈련하고, 훈련한 거다.

실전 경험 대신 극한까지 스스로를 몰아붙이면서 훈련에 매달린 거다.

강찬은 시선을 돌려 대원들을 보았다.

힘들어하는 얼굴이었다.

그런데도 달린다.

걸음을 멈추는 것이 동료를 죽게 할 수 있다고 생각하는 거다.

'이 새끼들.'

가슴에 담기면 불편하다. 저놈들 중 하나라도 죽으면 견디기가 어렵다.

그런데 고작 달리는 것을 지켜보는 것으로 대원들의 의지와 열정이 강찬의 가슴을 흔들고 있었다.

이미 20킬로미터를 넘게 달렸다.

호흡이 가쁜 것은 누구 한 사람 다를 게 없는데 그렇다고 포기할 대원도 없었다.

"막사로 돌아간다!"

모형 도시로 들어서는 산길을 본 강찬의 외침이었다.

대열은 모형 도시의 외곽 도로를 벗어나 산길로 접어들었다.

"허억! 허억!"

막사 앞에서 김태진과 최성곤, 그리고 부관이 대원들을 지켜보고 있었다.

강찬은 물론이고, 대원들까지 땀에 흠뻑 젖었다.

"헬멧, 방탄조끼가 있습니까?"

"다 있습니다."

"소총까지 전부 준비해 주십시오."

최성곤이 지시하자 부관이 빠르게 움직였다.

가쁜 숨이 어느 정도 멎었을 때, 부관이 헬멧과 방탄조끼,

그리고 소총을 앞에 놓아주었다.

"실탄을 주십시오."

최성곤의 고개가 불쑥 튀어나왔고, 대원들의 놀란 시선이 삽시간에 강찬에게 다가왔다.

"실탄이라고 했습니까?"

"예. 오늘 훈련은 실탄으로 할 예정입니다."

최성곤이 함부로 답을 하지 못했다. 김태진마저 의아한 표정을 감추지 못하고 있었다.

"훈련 내용을 알려 주시오."

차동균이 악을 쓰며 강찬을 노려보았다.

강찬은 막사 앞 계단에 올라섰다.

"선제공격을 하러 갈 생각이다. 이 중에서 12명이 필요하다. 지원할 사람은 한 걸음 앞으로 나와라."

척!

알고 있었던 것처럼 대원들 전원이 한 걸음을 나섰다. 석강호와 서상현까지 모두 다.

"오늘 훈련은 실탄으로 한다. 두 팀으로 나누되 맞출 수 있는 곳은 헬멧과 방탄복뿐이다. 총을 맞아서 부상을 당한 대원, 그리고 상대 팀을 다치게 한 대원은 탈락이다. 불만 있는 대원은 물러나라."

최성곤이 항의하는 듯한 시선으로 김태진을 보았을 때였다.

차원이 다르다 • 319

석강호가 나와서 방탄조끼와 헬멧, 그리고 소음기관단총을 챙겼다.
　최종일, 우희승, 이두범도 앞으로 나섰다.
　땀으로 범벅이 된 얼굴에 헬멧을 뒤집어쓰고 방탄조끼를 걸친 다음, 앞면을 조였다.
　"젠장!"
　서상현이 내뱉은 말을 모두 들었다. 그런데 그가 움직여 헬멧과 방탄조끼를 든다.
　"재미는 있겠네."
　놀라운 것은 김태진이다.
　최성곤보다 선배인 그가 몸을 움직여 역시나 헬멧과 조끼를 집어 든 거다.
　"이런 훈련이 의미가 있습니까!"
　차동균의 당찬 질문이 터져 나왔다.
　"아니면 그냥 실전으로 할래?"
　"그런 뜻이 아니잖습니까?"
　"훈련했다면서!"
　강찬이 다부지게 받아쳤다.
　늘 냉정하던 강찬이다. 그런데 지금은 목소리를 높인 거다.
　김태진이 표정을 감추기 위해 얼른 방탄조끼를 살피는 척, 고개를 숙였다.

"작전을 나가서 엉뚱한 상황이 생기면 어떻게 할래? 알던 방식이 아니니까! 정보가 새어 나갔으니까! 실탄으로 움직이는 적을 상대해 본 적이 없으니까! 그때도 이따위 변명할 거냐!"

강찬이 대원들을 주르륵 둘러보았다.

"실전 경험이 없다는 말뜻을 새겨! 너희 중에 절반 이상이 죽어서 돌아오는 작전을 치르는 거다! 새로운 대원이 투입돼서 또 그 이상 죽어서 돌아오는 작전이 반복된 뒤에! 살아남은 대원들이 베테랑이 되고, 그 경험이 밑으로 내려간다. 차동균! 그럴 때까지 시간이 얼마나 걸릴 것 같나!"

차동균은 답을 하지 못했다.

"네이비 씰! 스페츠나츠! 외인부대 특수팀! 모두 1년에 수차례, 크고 작은 작전과 전투를 치른다. 너희는? 몽골 작전이 끝난 뒤, 바로 작전을 나가야 하는 너희는! 여기 몽골 작전에 나갔던 대원이 있나!"

강찬이 날카로운 눈빛으로 대원들을 돌아보았다.

"미친 짓이다. 안다. 그런데 누구도 실전 경험을 대신 만들어 줄 수 있는 사람은 없다. 모의 전투? 어제 총을 맞았던 대원들이 실제로 죽었고, 오늘 또다시 그런 작전에 나가야 한다면 어떨 것 같나?"

강찬은 모처럼 피가 끓는 기분이었다.

"내키지 않으면 안 하면 된다. 나는!"

차원이 다르다 • 321

강찬이 차동균을 똑바로 보았다.
"작전에 나가서 반드시 살아 돌아올 대원이 필요하다! 정보가 새어 나가도! 완벽하게 포위되어도! 끝까지 살아남을 대원! 너희는! 죽은 대원을! 그것도 피투성이가 되어서 죽어 나자빠진 동료를 볼 때의 심정을 모른다! 그러니까 허튼 소리 지껄일 놈들은 빠져!"
 석강호가 슬쩍 김태진을 보았다.
 두 사람 모두 강찬의 저런 모습을 처음 보는 거라 놀라는 눈빛이었다.
 눈싸움을 하는 것처럼 강찬과 차동균이 시선을 움직이지 않았다.
 여기까지다.
 대원들의 열정, 전대극, 김형정, 김태진의 성의.
 그것들에 감동해서 울컥 피가 끓었지만, 더 이상은 강요하지 못한다.
 죽음을 각오해야 하는 작전이다. 알려 줄 수는 있지만, 끌고 가서는 안 되는 거다.
 차동균의 볼이 씰룩했다.
 저벅. 저벅.
"중위 차동균! 실탄 훈련에 지원합니다!"
 이를 꽉 깨문 차동균이 헬멧과 방탄조끼를 잡았을 때였다.

"하사 유광렬! 실탄 훈련에 지원합니다!"
"중사 박대기! 실탄 훈련에 지원합니다!"
"소위 윤성기! 실탄 훈련에 지원합니다!"

악을 쓰는 것처럼 뜻을 밝힌 대원들이 차례로 나와 헬멧과 방탄조끼를 집어 들었고, 착용했다.

"이 새끼들!"

최성곤이 이를 악물며 대원들을 보았고, 김태진은 붉어진 눈을 감추기 위해 하늘을 향해 시선을 들었다.

"부관! 실탄 지급하고 동원할 수 있는 모든 의무관 이리로 오라고 해!"

"알겠습니다!"

최성곤의 명령이 떨어지는 순간에도 대원들은 악을 쓰며 헬멧과 방탄조끼를 집어 들고 있었다.

강찬이 막사 아래로 내려가 헬멧과 방탄조끼를 집어 들었을 때였다.

"갓 오브 블랙필드!"

차동균이 강한 음성으로 강찬을 불렀다.

"이 훈련을 통해서 대한민국 특수팀이 선제공격을 할 수 있게 된다면! 나는 기쁘게 죽겠습니다!"

강찬이 시선을 주었을 때 차동균이 절도 있게 반 바퀴를 돌아 대원들을 향해 섰다.

"우리의 구호!"

"나의 피로 국가를 지킬 수 있으면, 나는 행복하다!"

피가 섞인 것처럼 뜨겁고 강렬한 함성이 쩌렁쩌렁 산을 향해 달려 나갔다.

9권에 계속

www.mayabooks.co.kr

www.mayabooks.co.kr